七つのカップ　現代ホラー小説傑作集

岩井志麻子、小野不由美、小林泰三、澤村伊智、
辻村深月、恒川光太郎、山白朝子
朝宮運河＝編

角川ホラー文庫
23961

目次

芙蓉忌

小野不由美

その女は、壁の向こうにいた。

貴樹《たかき》が書斎として定めた部屋からは、隣の家に住む女の様子を窺《うかが》うことができた。歳《とし》の頃は二十代の初めか。痩《や》せた小柄な女だった。おそらく芸妓《げいこ》なのだろう、艶《つや》やかに豊かな黒髪を結い、華やいだ着物に身を包んでいる。ときには結った髪を解いて梳《くしけず》る。洗い髪を一つに纏《まと》め、団扇《うちわ》で風を送っていることもあった。そんなとき、女は着慣れた様子の浴衣姿だったが、別の日にはくだけた縞《しま》の着物姿だったり、さらに別の日にはしどけない襦袢《じゅばん》姿だったりした。

女が貴樹に見せているのは、多くの場合、斜め後ろからの姿で、だから目鼻立ちは、はっきりしない。ただ、俯《うつむ》いた細い首の線が頼りなく、しかも抜けるように白かった。どこか身体《からだ》に不調でもあるのか、病的な印象を抱かせる白さで、どうやらあまり出歩くこともないらしく、翳《かげ》った狭い部屋の中、囚《とら》われたように暮らしている。

文机《ふづくえ》に向かって書きものをし、別の日には頬杖《ほおづえ》を突いて物思いに耽《ふけ》り、さらに別の日には鏡に向かい、唇に紅を引いた。紅を引くときにすらどこか哀しげで、女が生きと何かをしている様子を、貴樹は目にしたことがない。むしろ何かで繋《つな》ぎ留めておかないと消え入りそうな風情があった。

その様子はなぜか貴樹に芙蓉の花を思い出させた。退紅《たいく》というのだろうか、少し褪《あ》せたようにくすんだ薄紅色の花。儚《はかな》く哀しげに思えるのは、芙蓉の花が朝に咲いて夕には萎《しぼ》む一日花のせいか、それとも近所の墓地にある大樹の印象が強いせいだろうか。

彼女は翳った部屋の中、芙蓉の枝が風に揺れるように、ゆらゆらと暮らしていた。訪ねてくる者もなく、語らう相手もいないようだった。だから貴樹は、女の声を知らない。ただ、幾度となく袂《たもと》を顔に当て、声を押し殺して女は泣いた。それで、その忍《しの》び音《ね》だけは耳に馴染《なじ》んでいる。

何が彼女を哀しませているのかは分からなかった。たぶん、何度も読み返している手紙と無関係ではないだろう。距離があって文面までは判別できず、したがってその手蹟《しゅせき》が男のものなのか女のものなのかも分からない。慕わしい男からの手紙なのか、あるいは懐かしい人からの便りなのか。愛《いと》おしそうに何度も目を通しては泣く。そのとき、涙を手紙に落とすまいとするかのように、必ず女は顔を背けた。そのたびに白い項《うなじ》と、さらに白く青みを帯びて見える耳朶《じだ》の裏側が眼を射た。

女は一日、その部屋にいる。だから貴樹も、一日、女を見守っていた。――そんな自分を、心のどこかで尋常でないと感じながら。

貴樹が最初にその女の存在に気づいたのは、実家に戻ってきて半月もした頃だった。

実家は古い町並みの中にある古い町屋だった。小さな城下町の一郭にあって、かつては花街だったというが、現在ではその面影はどこにもない。真っ直ぐな通りの左右に新旧入り交じった住宅が建ち並ぶ、それだけの通りだ。ただし、かろうじて料亭が二、三残っていて、それが往時を偲《しの》ばせてはいる。

貴樹はこの古い家で、高校の三年間だけを過ごした。大学に進むと同時に家を出て郷里を離れ、以後そのまま大学に残り続けた。長期の休みの際にも学業やアルバイトで忙しく、実家には数えるほどしか戻っていない。郷里にも実家にも家族にも、我ながら冷淡すぎると感じるほど思い入れがなかった。にもかかわらず、十年以上を経て戻ってきた。学業に固執しても先行きは望めず、生活のためのアルバイトで疲弊していくだけだと見切った結果だ。

貴樹が郷里を離れている間に、両親も弟も鬼籍に入っていた。無人になってから管理を頼んでいた祖母も死んだ。祖母の死を契機に実家を売り払っても良かったのだ。三年間だけ過ごした家には思い出らしい思い出もない。だが、戻ることのほうを選んだ。——戻らない、という選択を諦《あきら》めた、と言うべきなのかもしれない。

戻ってはきたものの、これからどうするかについては何の展望もなかった。両親が残してくれた貯えが多少あるものの、職はなく、これといってやりたいこともない。教員にでもなって、趣味で研究を続けるか——とは思っていたが、地元で教員として採用されるかどうかは分からなかったし、そもそも募集があるのかすら分かってはいなかった。こんなとき、親や親戚がいればその伝《つて》で職を探すこともできたのだろう。しかしあいにく、そんなものは存在しなかった。数少ない友人も全員が郷里を離れて進学し、そのまま遠方で就職している。血縁もなければ地縁もない。こうなると、ほとんど縁もゆかりもない土地と変わらなかった。寄る辺ない異郷に、ただ「実家」という名の容《い》れ物だけが存在していた。

　とりあえず実家に住めば住居費は要らない。幸か不幸か、生活を支えてやらなければならない妻子もいない。自分一人、生きていくだけなら何とかなるだろう——いずれ立ちゆかなくなって孤独な死を迎えることになったとしても。それも可だ、と思ってしまうのは、挫折したという倦怠《けんたい》が貴樹を無気力にしているせいなのかもしれなかった。

　だが、倦《う》んでいる自分を自覚できているだけましだろう。しばらく何もせずにぼうっとしていれば、そのうち前向きになれるかもしれない。そう自分に言い聞かせながら、古い家を掃除した。

一家がこの家に越してきたのは、貴樹が高校一年になる春、弟が中学三年になる年の三月のことだった。

それまでに住んでいたのは、徒歩で十五分ほどの場所にあるアパートで、父母はこの家を知人から購入した。築年数がどれくらいになるのかは貴樹も知らない。両親が手に入れて越してきた当初から、古く、狭く、暗く、傷《いた》んでいた。両親が何を思ってこの家を購入したのかも貴樹は聞いていなかった。特に古い建物が好きだとか、そういう話ではなかったと思う。第一、好ましいと思えるほど風情のある建物でもなかった。単に古いだけの建物に、場当たり的な修理を施し、実用に堪えるようにしてある。格安で譲ってもらえることになったとか、そういう事情だったのだろうと思う。いずれ建て替えるなりリフォームするなりしようという意志があったのかもしれないが、実際にそういう話を両親の口から聞いたことはなかった。貴樹はそんなことに興味を抱く歳でもなかったし、どちらかと言えば、古びたこの家があまり好きではなかった。高校生の貴樹には、家はあまりに古すぎ、あまりに傷んでいるように思われた。せっかく家を購入するのに、なにもこんな襤褸《ぼろ》屋でなくても、と落胆したのを覚えている。

家を離れていた十年の間に、傷みはさらに深まったようだった。掃除をすれば埃《ほこり》だけは拭《ぬぐ》えるものの、家の中に澱《よど》んだ薄暮は拭いようがなかった。建物は間口が狭く奥行きが長い。左右を隣家に接し、窓は表と裏にしかなかった。その窓も、表側は深い軒と太い格子、磨《す》りガラスのせいで採光が悪い。裏側には縁側と申し訳程度の庭があったが、そもそも水廻《まわ》りを増築してあるために歪《いびつ》に狭く、一方には隣家が、二方には高い土塀が迫っているので、光庭としても風の通り道としても用を為していなかった。そのせいだろう、表裏双方の窓を開け放っても、家の中には常にうっすらと腐臭めいた匂いが漂っている。

暗い一階には、両親の生活の痕跡が雑然としたまま残っていた。そこには小綺麗に居心地よく住もうという意志は欠片《かけら》も見えず、ただ食べて寝て時をやり過ごせればいい——という厭世《えんせい》が、古屋の匂いと同じように澱んでいる。

貴樹が荷物を運んだ二階にも、同じ空気が籠《こ》もっていた。二階には三部屋があったが、真ん中の部屋は窓もなく、階段に面していたので、通路兼物置としての役しか果たしていなかった。表と裏と、二間あるうち、表の一間は貴樹が自室にしていた。裏の一間は裏庭に面していて、窓を開ければ当たり前に景色が見えた。大した眺望ではなかったが、面格子で閉ざされた表の部屋よりは数段ました。——越してきた当初、そう恩に着せて弟に譲ったのだが、実はその庭が見降ろせる窓には、申し訳程度の物干しが付いていた。母親が洗濯物を干す際、部屋を出入りすることになるのを見越したうえで貴樹は表の部屋を選んだのだった。おかげで弟の恨みを買ったが、しかしその物干しは老朽化が激しく、そもそも危険だったうえ、越してきた年の夏、台風で壊れて撤去されてしまったのだった。

物干しがなくなったせいで、腰高の窓を開けると、ここだけは光が射《さ》し込み、風が通る。帰郷に伴って運んだ大量の本はここに収めることにして、書棚を整理していたときだ。貴樹は微《かす》かな三味線の音を聞いた。

貴樹には邦楽の素養がない。ゆえに、その音色が三味線のものらしいとは分かっても、曲名までは分からなかった。途切れ途切れに爪弾《つまび》く腕の巧拙も分からない。ただ、その何かに取り残されたような曲調が、自分の気分に良く合っていた。音は左隣から聞こえてくるようだった。

——どの家なのだろう。

かつて花街だったこの町では、家は複雑に入り組んでいた。貴樹の家は表通りから真っ直ぐに建物が裏庭まで延びる、いわゆる鰻《うなぎ》の寝床だったが、壁一つ隔てた向こうが、どの家にあたるのかは分からない。順当に考えれば左隣の家になるはずだが、隣の家は建物の奥行きが貴樹の家ほどにはなかったはずだ。貴樹がまだ実家にいる頃は、老夫婦が蕎麦屋をやっていた。一階が店舗で二階が住居の小さな家で、店に何度か行ったから、建物の奥行きが貴樹の家の半分ほどしかないことは知っていた。

さらにその隣の家の奥が、鉤《かぎ》の手に続いているのか。あるいは裏の家の続きなのか。

よく考えてみると、申し訳程度の裏庭に面する建物がどこの家のなのかさえ、貴樹はよく分かっていない。

二階の窓から見降ろすと、庭の右は貴樹の家と同じように増築した棟が建っているようだった。正面から左にかけては、ずいぶんと立派な土塀が築いてあった。貴樹の家の塀ではない。そのしつらえや、塀の向こうにこんもりと繁り、きちんと手入れされた庭木などから察するに、右の二軒先にある古い料亭のものではないだろうか。大きな料亭だという評判のわりに、通りに面する間口はさほどの規模ではなかった。実は貴樹の家と右隣の家、二軒を囲い込むように大きく続いているのかもしれない。

——なにより、そう考えたほうが三味線の音もそれらしい。

澄んだ儚い音だった。三味線といえば、つい津軽《つがる》三味線のような威風ある音を思い浮かべてしまうが、どうやらそれとは違うように思われた。同種の弦楽器に大小があるように、三味線にも大小があるのだろうか。あるとするなら、そのうちの小さいほうだ、という気がした。

稽古なのか、それとも戯《ざ》れ弾きなのか。途切れ途切れの音は、押しつけがましいところがなく、耳に快かった。

これが馴染みのある曲なら——と、貴樹は一人、苦笑した——なかなか出てこない次のフレーズに苛《いら》立《だ》ったのだろうが。聞き覚えのない曲、耳に馴染みのない曲調だからこそ、控え目に感じられるのかもしれない。

どういった人物が弾いているのか——気になって窓から身を乗り出し、隣の様子を覗《のぞ》き込んでみたが、隣の建物のほうが引っ込んでいるらしく、二階に載った瓦屋根の軒の一部が確認できただけだった。

この壁の向こうなのだが、と古びた土壁を見渡し、貴樹は何気なく弟の残した鏡をずらした。隣に面する壁の中央には、腰高の書棚が据えてあった。その上に立てかけてあった縦長の鏡をずらしてみると、柱と壁の間に深い隙間があった。こんなに透いてて大丈夫なのか、と顔を寄せ、そして、その向こうに人影を見た。狭く翳った部屋の中に、三味線を抱えて坐《すわ》る女の後ろ姿があった。

驚き——そして後ろめたいものを感じて、慌てて身を離した。

ひょっとしてこの壁は、隣と共通しているのだろうか。それともよほど建物の間隔が狭いのか。その狭い間隙《かんげき》に向けて、窓が開いているのだろうか。

鏡を戻しながらふと気づいた。隙間はちょうど、顔を寄せたあたりだけ不自然に広がっている。ひょっとして、弟が故意に広げたのではないだろうか。

そう考えると、腑に落ちることがあった。

弟の様子が変わったのは、台風で物干しが撤去されて以後のことだった。もともと弟は貴樹とは違い、明朗で快活な少年だったが、学校で何かあったのか、秋口には登校を嫌がるようになった。表情も暗くなり、口数も減った。貴樹は柄にもなく理由を問うてみたりもしたが、弟は頑として自身について語ることを拒んだ。やがては家に引き籠もりがちになり、ついには自分の部屋に籠もって出てこなくなった。たまに部屋を訪ねても、露骨に嫌がる。しかも部屋の様子も奇妙だった。最初は窓際に置いてあった机を、わざわざ壁際中央寄りの最も邪魔になる場所に移した。そのせいで適当な置き場を失《な》くしたベッドは、部屋に入ってすぐの場所に移され、すると机とベッドの間には椅子を置く隙間もなく、弟はベッドに坐って机に向かっていた。壁に沿っては現在そうなっているように低い本棚を置いてあったのだが、当時はベッドと机のせいでほとんど用を為していなかった。そのくせ、窓際には通路ほどの空間が意味もなく空いている。その混乱は、弟の精神的な混迷を示しているように思われた。襖《ふすま》を開けてすぐの場所に据えられたベッドは、明らかな障壁だった。ベッドを踏み越えなければ部屋に入ることができない。弟はそこに障壁を置くことで家族を拒絶しているように思えた。襖の隙間から窺うたび、ベッドに坐って机に向かっている弟の背中が見えた。その隙間も、冬場「寒い」という一言で、鴨居から毛布が吊《つ》られて塞《ふさ》がれてしまった。障壁は二重になった。襖を開け、毛布を捲《めく》ってベッドを踏み越えなければ弟の領域に入ることができない。

貴樹は「そんな時期もある」と、あっさりそんな弟を受け入れたが、両親は困惑し、怒った。部屋から引き出そうとする親と、頑としてそれを拒もうとする弟と——その攻防が続く中、貴樹は実家を離れた。うんざりしていた、というのが実際のところだった。そしてやがて、両親は諦めた——のだと思う。腫《は》れ物に触るようにして弟に接し、おろおろと離れた場所から見守るばかりになった。為す術《すべ》もなく見守ることに全てを費やし、彼ら自身の生活は完全に打ち棄てられた。貴樹が進学以来、ほとんど帰省しなかったのは、そんな弟や両親の姿を見たくなかった——そのせいもあったのだと思う。

なぜそこまで家族を拒み、自分の殻に閉じ籠もるようになったのか——よほどのことが学校であったのか。漠然とそう思っていたが、実は少し違う理由があったのではないかと、いまになって思う。きっかけはともかく、長い間、弟が部屋に籠もっていたのには、もっと別の理由があったのではないか。

ベッドに坐って机に向かい、ほんの少し身体を捻《ひね》れば、ちょうど目線の高さに隙間がある——そういう位置関係だったような気がする。

いまとなっては、確かなこととは言えないものの。弟が使っていたベッドも机も、貴樹が家を離れていた間に処分されていた。弟はベッドの上で事切れていた。いつもの場所にいつものように坐ったまま、自らの首を掻《か》き斬ったのだ。両親は引き籠もりだった弟の死を、血痕の残った机やベッドとともに捨て去り、そして静かに燃え尽きるようにして、相次いで逝ってしまった。

ひょっとしたら、弟は隙間から女を見ていたのではないか。弟が死んだのは六年前、女はその頃いくつだったろう。

確かめたくて、貴樹は鏡をよけて再び隙間に顔を寄せた。

狭まった視界に、女の後ろ姿が見えた。洗ったばかりなのか、濡《ぬ》れた髪を背中で束ね、俯いたまま三味線を爪弾いている。紅い着物は襦袢だろうか。胸高に締めた白いしごきがほっそりとした胴を際立たせていた。

後ろ姿では年齢は分からない。けれども、そんなに年嵩《としかさ》ではないような気がした。ときどき見える頬の線は、若いようにも思えるが、だとしたら弟が生きていた頃には、まだ少女だったのではないだろうか。

――どういう女性なのか、会ってみたい。

貴樹は唐突にそう思った。

何が理由かは知らないが、この部屋の中に自らを閉じ込めてしまった弟が、ひょっとしたらずっと見守っていたかもしれない娘。娘は知らないことだろうが、彼女は弟の孤独にずっと寄り添っていたのだ。

振り返れば、さほどに仲の良い兄弟ではなかった。だからこそいっそう、彼女に会ってみたかった。だがまさか、覗いていたと言うわけにもいくまい。どうしたものかと思案しながら、いつの間にか女の様子を見ているのが日課になった。

女は常に部屋にいた。どうやら隙間から見えるその部屋が居間で、表側の隣に寝間があるようだった。小さな部屋には低い簞笥《たんす》と鏡台と、そして文机が一つ。女は机に向かって鉛筆で書きものをし、手紙を読んだ。そして文机に突っ伏して――あるいは両手に顔を埋め、袂を顔に当てて忍び泣いた。その様子が痛ましく、貴樹は目を逸《そ》らせなかった。あるときは三味線を爪弾いている。別のときには針箱を手許《てもと》に置いて、襦袢に襟を縫い付けていた。そんなとき、女はひどく幼く見えた。たぶん、あまり得意ではないのだろう。一心に手先に集中し、無防備になった肩や背中の線が、どこか子供じみていた。

せめて名前が分かれば、料亭を客として訪ねて呼んでもらうこともできるのではないか。――思いはしたが、実際にどうやって芸妓を呼べばいいのかは分からず、第一、名前を知る方法もなかった。彼女の部屋に誰かが訪ねて来ることはなく、誰かが呼びに来る、ということさえなかった。ひょっとしたら、彼女もまた弟と同じように引き籠もっているのだろうか。だとしたら、料亭の娘か近親者だったりしないか。

あの料亭にどんな人間が住んでいるのか――思い返してみても、具体的な顔も名前も思い浮かばなかった。同じ町内にはいたものの、貴樹がここで暮らしていたのは、わずかに三年のことでしかない。同じ年頃の子供がいればともかく、近隣の住人とはほとんど交流はないままだった。両親もまた、ほとんど付き合いはなかったと思う。そもそも二人はこの町の人間ではなかったうえ、越してきてすぐに弟の件があって、それにかかりきりになり、隣近所との付き合いなども後廻しで、結局、古い町の地縁に繋がることができないまま逝ってしまった。

思い巡らせていると、文机の前に坐ってぼんやりしていた女が立った。ふらりとした足取りで表側――隣室のほうへと消えていく。貴樹は小さく息を吐き、そして自身も立ち上がった。窓を開けようと窓辺に寄って、間近に男の姿を見た。

一瞬驚いたが、よくよく見れば、男は細い丸太を三角に組んだ足場――脚立《きやたつ》?――の上に昇っている。土塀の向こうにどっしりと枝を伸ばす松の木に取り付いているのだった。手には鋏《はさみ》を持ち、腰に鋸《のこぎり》を差したベルトを着けていたから植木屋なのだろう。体格の良い若い男で、それが手を止めてじっと隣家のほうを見ている。

――隣。

二階分の高さにある足場から男が見ているのは、明らかに女のいるあの部屋だった。硬い真剣な表情でまじまじと見つめていた。どこか険しくさえ思えるその表情から、強い感情が偲ばれた。――暗く、そして否定的な。

もしかして、男も彼女を見ているのか。決して好奇心に駆られたようでもなく、温かく見守っているようでもないその様子に、何やら不穏なものを感じた。

貴樹は意を決して窓を開けた。建付《たてつけ》の悪い窓の音に気づいたのか、はっとしたように男がこちらを振り返った。次いで、ばつが悪そうに顔を伏せ、慌てた様子で足場を降りていく。――逃げるように。

貴樹は窓辺に立ったまま、男の消えたほうを見た。土塀の向こうでガサゴソと庭木を掻《か》き分けるような音がしている。

娘に会いたい、と強く思った。会わなければ――という切迫したような気分がした。


その翌日、貴樹は意を決して二軒先にある料亭を訪ねた。夕刻前、料亭が店を開けるには、いま少し時間があるせいか、店の表はひっそりと静まり返っていた。掃除をしていた従業員を捉《つか》まえて来意を告げると、すっきりとした出《い》で立ちの女将《おかみ》が出てきた。貴樹が名乗り、二軒隣の、と説明すると、すぐさま「ああ」という顔をした。旧弊な町のことだから、弟の所行は当然、町中の人間が知っている。

「このたび、戻ってきました」

貴樹はそう言って、菓子折を差し出した。まさか女に会わせてくれ、と正面切っては言いにくく、苦肉の策として実家に戻ってきた挨拶という体裁を取った。

「たしかうちのすぐ左隣も、こちらの建物だったと記憶していたものですから」

「まあ。それは、御丁寧に」

女将は笑った。すでに初老に差し掛かった年頃だろうが、恰幅《かっぷく》良く華やかな雰囲気に包まれている。

「大学の先生になられた長男さんがおられるとは伺ってました。御立派におなりで」

「しがない助手です。それも辞めて帰ってきたのですが」

「あら――」

「しばらくは職探しです。なにしろ宵っ張りなので、隣にお住まいの方に御迷惑をかけることもあるかもしれません。何かありましたら、遠慮なく言ってください」

貴樹が言うと、女将は一瞬だけ怪訝《けげん》そうにして、すぐさま、ああ、と笑みを浮かべた。

「あの建物――いいえ、あそこにはもう誰も住んでいませんから」

え、と貴樹は小さく声を上げた。

「しかし、時折三味線の音が」

「そうですか？　でしたら、うちではないと思いますよ。あそこは昔、――先代の頃までは従業員の寮として使用しておりましたけど、いまは物置になってますから」

女将はそう説明した。なにしろ建物の老朽化が激しく、居住に適さなくなったこと、さらには、住み込みで従業員を雇うような御時世でもなくなったこと。いまは一階を従業員の休憩所として使用しているが、基本的に空いた部屋は物置になっている。

「三味線を弾くような従業員もおりませんしねえ」

「芸妓さんはおられないのですか」

貴樹が訊《き》くと、女将は声を上げて笑った。

「もうこの町には芸妓はおりませんよ。私の小さい頃には、まだわずかながら残っておりましたけど。そう——あの頃なら三味線の音が聞こえてくるなんてこともありましたけどね」

貴樹は言い淀み、

「しかし、隣に誰かがおられます。たぶんその方が三味線を弾いているので間違いないと思います。死んだ弟も——隣には芸妓さんが住んでいると言っていました」

女将は眉を寄せた。少しの間、沈黙する。ややあって、

「何か勘違いなさっているのだと思います。本当にあの建物には誰もおりません。なんでしたら御覧になりますか？」

いや、と貴樹は思わず口籠もった。見てみたい気持ちはあったが、まるで女将を嘘つき呼ばわりしたようで居心地が悪い。貴樹の困惑を見透かしたように、女将は柔ら

かく笑った。

「実際に見ていただいたほうがいいと思います。よろしかったら、ぜひ」

重ねて言われて、貴樹は頷《うなず》いた。

女将は貴樹を建物の奥へと導く。長い廊下の片側に座敷が並び、もう一方は整えられた庭に面している。庭木の向こうには白く塗られた土塀が続いていた。

長廊下の先を曲がりながら、

「もう芸妓さんはいないんですか？」

貴樹が問うと、

「ええ。戦後、いくらも経《た》たないで検番は廃止されてしまいましたから。検番というのは、芸妓などが籍をおく――いわば職業組合のようなものですね。芸妓は置屋に所属して、その置屋が検番に登録する。芸妓を呼ぶ料亭のほうも検番に登録して、検番がどこに誰を派遣するか、差配をするんです。ですが、それは私が子供の頃に廃止されてしまいました。いまはこの町には芸妓はおりませんし、ましてや、その当時でも料亭に芸妓が住んでいるなんてことはありませんでしたよ。芸妓は置屋に住んでいたんです」

言いながら、女将は廊下をさらに曲がり、奥まった場所にある板戸を開けた。板戸の向こうは雰囲気が違っている。おそらくここから先は従業員の領域なのだろう。

「置屋さんも全部廃業してしまいました。わずかばかりとはいえ、芸妓さんが残っていたはずですが、その方たちはどこに行ったんでしょうねえ。私が子供の頃には、芸妓あがりの方が町内に残っておりましたけど、詳しいことは分かりません」

大人は語ってくれなかったし、訊いてはいけないような空気があったもんですから、と女将は言った。

短い渡り廊下の先にあるガラス戸を女将は開けた。廊下の左に畳の間が二つ並び、雑然と荷物が積み上げられたところに座卓が据えられていた。人影はなかったが、座卓の上には湯飲みが残され、周囲には手荷物が置かれていたから、休憩所として使っているというのは本当なのだろう。肝心の従業員の姿はなく、いまは開業前の準備で立ち働いているのだろうと思われた。

廊下の中程には二階へ上がる急な階段があった。

「足許に気をつけてくださいね」

そう言って、女将は先に立って二階へと昇っていく。傾斜が急で踏面《ふみづら》も狭いうえ、手摺《てすり》もないので確かに危なっかしい階段だった。それを登り切ると短い廊下があって、それに面してやはり二間が続いている。女将は染みの浮き出た襖を開けていった。六畳ほどの和室が二つ。一方は庭に面して座敷のようなしつらえだったが、もう一方は押入があるだけで窓もなく、穴蔵然としていた。それら二つの部屋に雑多な荷物が埃を被って積み上げられている。人が住んでいる様子がないだけでなく、頻繁に人が足を踏み入れている様子もない。

「隣——というと、この部屋でしょうかね」

女将が示したのは裏側の部屋だった。庭に面して窓があり、二方は壁で塞がれている。言われて見れば見覚えのある床の間があって、荷物を押し込んであった。もう一方——表側の部屋の隣に面するほうには押入があったから、覗くことのできる部屋はここしかない。庭に面した窓には古いガラス戸が入っており、窓の外には木製の手摺が見える。雨戸のようなものはないようだった。

「この壁の向こうが、お宅様になると思いますよ」

女将が手を置いた壁には、開口部はなかった。ただ、貴樹の家と同様の古い土壁があるだけだ。壁の中央には柱が一本立っている。その脇に、貴樹の家と同じように黒々とした隙間があった。

貴樹は完全に塞がっている壁を見つめ、そして隙間に顔を寄せてみた。微かに光が見えたものの、外の景色までは見えなかった。窓辺に寄ってガラス戸から外を覗く。古びた板壁の建物が迫り、その先に土塀に囲まれた庭が覗いている。貴樹の家に間違いなかった。

貴樹は呆然《ぼうぜん》として女将を振り返った。女将は複雑そうな表情で貴樹を見ていた。

「この建物は、もともと表にあるお宅の一部だったと聞いています。少し前まではお蕎麦屋さんが入っていましたが」

「ああ、知っています」

貴樹が言うと、頷く。

「その建物の離れだったようですよ。お蕎麦屋さんになるずっと以前は、置屋さんだったということです。置屋を廃業して持ち主が出て行かれた。それで離れの部分だけを戦前、うちが買い上げたんです。戦争が始まる前——満州《まんしゅう》事変の何年も前だったということですから、置屋だったのはそれ以前ということになりますでしょうね」

「昭和……以前」

「その頃でしたら、芸妓さんがお住まいになっていたこともあるでしょう」

言って、女将は真っ直ぐに貴樹を見た。

「もしも弟さんが芸妓さんを御覧になっていたのでしたら、それはこの世の方ではないと思います」

そうだったのか、と貴樹は思った。あれはこの建物に残った記憶だったのか。

「……よく分かりました。お手数をかけて申し訳ありません」

貴樹が頭を下げると、女将は軽く息を吐いた。

「こんな汚い場所にまでお連れして御免なさいね。よろしかったら、お茶でも？」

いえ、と貴樹は固辞した。建物を出ながら振り返ると、渡り廊下から建物の外観を見通せる場所があった。貴樹の家と隣り合う建物の間には、ほんの十五センチほどだが隙間がある。決して壁を接しているわけではないことは見て取れた。――そもそもあの隙間から隣の様子など見えるはずがなかったのだ。

「……置屋だった頃に亡くなられた芸妓さんはいたのでしょうか」

廊下を戻りながら問うと、

「それは、おりましたでしょうね。昭和以前のことですから、たぶん年季奉公でしょう。芸妓のまま死んだのなら、お骨は実家に返されたか、そうでなければ置屋が墓を建てたのじゃないでしょうか。その先の――」

と、女将は元花街と背中合わせに接する寺町のほうを示した。

「お寺に、置屋さんが建てたお墓がいまも残っておりますよ。私どもも、お参りさせてもらっていますが」

「そうですか。ありがとうございます」

貴樹が辞去しようとしたとき、女将が迷ったように口にした。

「突然、あんなところまで連れ廻して、困惑なさったでしょうね。……実は、以前にも同じようにあの離れに住む人に会いたいと言ってこられた方がいたんです」

貴樹ははっとした。

「まだ高校生ぐらいの若い方でしたよ。お名前は聞けませんでしたが、ひょっとしたら、弟さんだったのではないでしょうか」

「そのとき、あの建物には」

「お連れすれば良かったのでしょうが、御覧の通りの場所ですから、誰もいないとだけ申し上げました。そんなはずはない、と仰《おつしや》ってましたが、私もなぜいるはずのない人をいると仰るのか分からなくて」

ちょうど通りかかった従業員に、あそこには誰もいないと証言させると、弟は怒ったように立ち去ってしまった、という。

「そうですか……」

貴樹は改めて女将に礼を言い、料亭のこぢんまりとした玄関を出た。

表には左右へと古い家並みが延びている。すぐ先で前後へと延びる道と交差していた。その四つ角を曲がると寺町に出る。どういうわけで花街と寺院町が背中合わせに存在することになったのか。いまさらのように不思議に思う。

貴樹はなんとなく四つ角に向かい、寺町のほうへと向かった。折れてすぐに別の料亭が一つ、その大きな建物を過ぎた隣に、高い塀に囲まれた墓地が広がっていた。一見しただけでは墓地とは分からないが、塀の上に建物の影はなく、よく見れば墓石の頭と卒塔婆《そとば》の頭が覗いている。それ以上に目立つのは、塀の間近に薄紅の花を付けている芙蓉の大木だった。心持ち褪せた薄紅の花が、夕風にゆらゆらと揺れている。

寺町へ出てすぐの寺の門を覗き込んだ。縁もゆかりもない者が足を踏み入れてもいいものか——迷いながら覗き込んだ境内には人の姿はなく、ひっそりと静まり返っている。無機的なまでに掃き浄められた参道に足を踏み入れ、墓地のほうに行ってみる。本堂の脇から裏手へと続く墓地に並ぶのは、どれも古い墓ばかりだった。さほどに広くはない墓地の片隅、芙蓉の古木が立っている。なんとなく気を惹かれて歩み寄った木の下、枝に頭上を庇護されるようにして大ぶりな石碑があった。石碑に彫られた文字は摩耗しているうえに達筆すぎて読み取れなかったが、石碑の前に立つ四角い切石の花立てに「検番」とあるのだけは読み取れた。——すると、これが女将の言っていた墓だろうか。どうやらかつてあったという検番が建てた慰霊碑のようだった。その周囲には小さな墓石が塀に沿って積み上げるようにして並んでいた。どれも苔《こけ》むし、摩耗も酷《ひど》かったが、きちんと掃除されている。その墓石を検《あらた》めてみると、芸名らしき名が彫られたものもあれば、本名らしき名を彫ったものもあった。表に置屋らしき屋号を彫り、裏に複数の名前が並んでいる石もある。

かつての花街で暮らしていた女たちの、ここが終《つい》の棲家《すみか》だった。

——この中の誰か。

あるいは、ここにも名前のない誰かか。

寂しげに俯く背中が甦《よみがえ》った。

なるほど、と思う。ほんのわずかの隙間から見えたにしては、あの光景は鮮明でありすぎた。

もはや名前を確認する方法もなく、忍び泣く理由を尋ねる方法もない。あれが過去の幻影ならば、おそらくあの女の顔を見ることもないのだろう、と思う。

怖い、とは思わなかった。芙蓉の下に並ぶ墓石を見ると、むしろ不憫《ふびん》な気がした。

貴樹は石碑に向かって軽く手を合わせ、黄昏《たそが》れ始めた町を戻った。通りがかった二つの料亭は、ともに看板に灯が入り、中では賑《にぎ》やかな気配がしていたが、三味線の音はどこからも聞こえなかった。

家に戻ってすぐ、真っ直ぐに二階へ上がった。弟の部屋に向かい、鏡をずらす。隙間に顔を寄せたが、なんとなくもう何も見えないのではないか、という気がしていた。向こうの部屋から何も見えなかったように。

——だが、顔を寄せると同時に、薄暗い電灯に照らされた部屋が目に飛び込んできた。

女は依然としてそこにいた。文机に向かい、鉛筆を動かしている。艶《なま》めかしくさえある薄紅の襦袢、なのに懸命に机に向かう様子はどこか幼い。両足の間に腰を落とし、背中を丸め、両肘《ひじ》を文机に載せて子供が絵でも描くように鉛筆を動かしていた。

やはり怖いとは思えなかった。むしろ、この世にいる誰かではないのだから、こうして覗いていても咎《とが》められることはないだろう、という安堵《あんど》感があった。

女は無心に鉛筆を動かしている。貴樹はそれを見守った。

料亭を訪ねて以後も、女の姿が消えることはなかった。女は過去に存在した部屋の中でゆらゆらと生活していた。罪悪感が消えて、貴樹はそれを日がな一日、見守っていた。見つめながらも、そんな自分をひどく不健全だと思う。腰や眼が痛むまで存在しない女の様子を覗き見るなんてどうかしている。それよりも家を整理し、職を探して生活を始めなければ。――分かっているのに、壁際に縫い止められたように身動きができなかった。

動きたくない、その言い訳に女を見ているような気もする。分かってはいるんだ、と呟《つぶや》く胸のうち、背中には居心地の悪い焦りが貼り付いている。そんな気分を自覚するとき、自身と弟が重なった。

両親は何とかして弟を登校させようと――のちには部屋から出てこさせようと必死

になっていたが、実のところ、最もそれを切望していたのは弟だったのではないかと、この頃思う。行かなければ、部屋を出て現実と対峙しなければ、と思いながら、焦燥から目を背けるようにして暗い隙間を覗いてはいなかったか。同じように隙間に縫い止められた貴樹は、いつしか弟と同じように机をほどよい位置に運び、その前に置いた椅子で日がな一日過ごすようになっていた。まるで弟の状態をなぞるように。

自覚があるだけに、こんなことをしていてはいけない、と思う。対峙すべきものから目を逸らし続け、どこかで進退窮まって弟は死を選んだのだという気がする。貴樹にも同じ末路が待っている気がした。こうしていてもなけなしの遺産を食い潰《つぶ》していくだけだ。そのうち二進《にっち》も三進《さっち》も行かなくなる。そのとき自分は、どういう道を選ぶのか。

焦れば焦るほど、隙間から目を逸らせなかった。女は藍染めの浴衣に身を包み、文机の前に坐って気怠そうに団扇で顔を扇いでいた。耳に暑苦しい蟬の声は、隙間から聞こえるのか、それともこちらの窓から聞こえるのだろうか。

窓のほう――庭のほうを見たまま、女は団扇を動かす。蟬の声がひとしきり高まると、扇ぐ手つきが忙《せわ》しなくなった。そうしているうちに徐々にその動きが間遠になる。物思いに耽って暑さを忘れてしまったように。そしてまた蟬の声が高まると、慌てたように風を作った。

それを見守る貴樹がいる部屋にも熱気が籠もっている。窓は開けていたが、風はなかった。雨が降る気配はないまま、ひどく蒸した。蟀谷《こめかみ》を伝う汗の感触に我に返った。無理な姿勢を続けていたせいか、腰も背中も強張《こわば》って痛む。隙間から顔を離し、身を起こした。何をやっているんだ、と自嘲しながら何気なく窓のほうを見て、貴樹はそこに人の顔を見つけた。

窓の向こう、おそらくは裏庭の土塀の向こうに人影があった。いつぞやの若い庭師──だと思う。あの日のように足場に昇り、こちらを見ている。覗き見しているのを見られた、と狼狽《うろた》えた貴樹を、男は責めるような眼差しで見据えていた。

慌てて貴樹は机の前から立ち上がる。気まずく部屋を出ようとして、ふと、本来、隣が見えるはずなどなく、ゆえに壁に顔を寄せていても隣を覗いていることなど、余人には分かるはずもないことを思い出した。ならばなぜ、あの男は咎めるような貌《かお》をしていたのだろう──思って振り返ったときには、もう男の姿は見えなかった。高い樫《かし》の木に掛けた足場だけが、枝の合間に残されている。

逃げた自分と、見咎めるような男を思い返し、奇妙な気分に陥って──そしてさらに思い出した。

以前は逆だった。男は隣のほうを見ていた。視線の方向からすると、隣の建物の何もない部屋の窓のほう。険しい表情で見ていた窓には、見るべきものは何もなかったはずだ。なのに貴樹の視線に気づいて、慌てたように足場を降りた。たったいま、貴樹が逃げ出したように。

——あの男は、いったい何を見ていたのだろう？

その答えはすぐに出た。翌日、貴樹が呼び鈴に応《こた》えて玄関に降りてみると、表にはあの庭師が立っていた。

男は相変わらず険しい表情をしていた。貴樹の顔を挑むように見て大きく息を吸い、そして頭に被ったタオルを外して一礼する。

「突然、済みません」

気負った様子にもかかわらず、口調は丁寧だった。貴樹は庭師が自分を責めるために来たのだという気がした。だとしたら、どう答えよう——一瞬の間に思い巡らせた。女などいない、と突っぱねるか。それとも、そういうお前も覗いていただろう、と言い返すか。

だが、男はタオルを両手で握り締め、意を決したように顔を上げると、

「頭の可怪《おか》しな奴が押し掛けて来たと思ってもらって構いません。——あれを見ては駄目です」

貴樹は気圧《けお》され、反射的に何のことだか分からない、と答えようとした。だが、男

はそれを言う間を与えず、

「無視してください。あれは、あなたの命を取る」

貴樹は驚いて言葉を失った。

「無害そうに見えますが、あれは危険なものです。気を取られてはいけません」

口早に言い切って、男は大きく息を吐いた。ふっと表情が緩んだ。いまだ真剣そのものの貌だったが、もうあの挑むような表情はなかった。それでようやく、貴樹は男が緊張していたのだと理解する。

「……君はいったい」

「黙ってはいられなかったので」

男は言って、もう一度深々と頭を下げた。

「失礼しました」

言って、男は踵《きびす》を返す。言うべきことを言った、という安堵のようなものが、がっしりとした背中に漂っていた。貴樹は何か声をかけようとしたが、言葉を見つけられなかった。玄関先に突っ立ったまま、半ば啞然《あぜん》として男を見送る。足早に料亭のほうへと立ち去る男は、貴樹の視線に気づいたように振り返り、もう一度会釈した。

――どういうことだ。

男が言った「あれ」とはもちろん、あの女のことなのだろう。だが、「危険」とは？

男はあまりにも単刀直入だった。見ていただろう、という問い掛けさえなかった。そこにいるはずのない女がいて、貴樹がそれを見ていることを確信している。気まずさも手伝って、反骨の気分が頭を擡《もた》げた。

——確かに、頭が可怪しい。

突然押し掛けてきて、いもしない女のことを危険だ、などと。見るな、と余計な指図をしたあげく、「命を取る」と縁起でもないことを言う。

苛立たしい気分で貴樹は玄関の格子戸を閉めた。肩を聳《そび》やかして振り返った家の中には薄闇が漂い、荒廃した空気が澱んでいる。貴樹はふいに、上がり框《かまち》やガラス障子《しょうじ》の桟にうっすらと積もった埃に気づいた。両親が投げ遣《や》りに残した雑多なものが放つ厭世的な空気。それを拭い去ることさえ放棄して放り出されたままの家の中。

——引っ越しの片付けも中途半端に放置したまま。

掃除もしていない、仕事も探していない。ここで新たに生活をする準備を何一つしていない。

不快な男のことなど忘れて、すぐさま二階に戻りたかった。だが、なぜかそれが躊《ちゅう》躇《ちょ》される。水でも飲もうと台所に向かい、荒廃した家の様子にいまさらながら気づいた。台所の古いシンクには水垢《みずあか》がこびりつき、使った食器が放置されている。土間に板を張っただけの床には出し忘れたゴミ袋が複数個、放置されていた。一段上がった茶の間の座卓にも、食器が出しっ放しになり、周囲にはゴミが片寄せて置いてある。中の間の仏壇は白く埃を被り、いつ活けたのか忘れた花が醜く枯れて腐っていた。

――あれは、あなたの命を取る。

荒《すさ》んだ生活を見透かされたような気がした。何をしているんだ、という自身への疑問と、こんなことを続けてどうする、という焦り。そんな自分を自覚しているにもかかわらず、一切合切に背を向け続けている。男が言外にそんな貴樹を責めた気がして、余計に居たたまれない。

貴樹はコップを叩《たた》きつけるように調理台に置き、――そして逃げるように二階に上がった。壁の向こうに女が待つ――かつて弟が死んだあの部屋へ。

――これは危険なものだ。

貴樹は胸のうちで呟きながら、それでも女を見ずにはいられなかった。このままではいけない、と思いつつも、焦れば焦るだけ、隣を覗かずにはいられない。

女は依然としてゆらゆらと生活していた。危険だと言うが、女の様子にはおよそ禍々《まがまが》しいものは感じられない。見えるはずのない景色、いるはずのない女であることは確実だが、だからといってすぐさま「危険」だと言うのは短絡に思えた。彼女の存在は、いわば保存された記憶のようなものではないのか。ただ過去にあった日常を繰り返しているだけだ。

どこに危険があるというのだろう。

まるで魔物のごとく言われたことに傷ついたように、女は文机の前で項垂《うなだ》れていた。両手を文机の表面に重ね、やがて突っ伏し額を載せる。瘦せた肩が震え、聞き慣れた忍び音が流れてきた。その後ろ姿は、ひたすら痛々しかった。

女はひとしきり声を押し殺して泣き、そしてふらりと立ち上がった。襦袢の袂で涙を拭いながら鏡台の前に坐る。嗚咽《おえつ》を怺《こら》えるようにして櫛《くし》を手に取り、結った髪を撫《な》でつけ始めた。髪を整えると立ち上がり、隣の部屋へと向かう。ややあって戻ってきたときには桶《おけ》を抱えていた。

桶を置いて鏡台の前に坐った女は手拭いで顔を拭う。しばらく顔に押し当て、そして抽斗《ひきだし》から剃刀《かみそり》を取り出した。夕刻が近づいている。いつもの支度だろう。女は何日かに一度、化粧の前に顔に剃刀を当てる。剃刀は、直刃《すぐは》で柄までが金属製の見慣れないものだった。理髪店などでよく見る二つ折になるものではなく、ごく小さなナイフか包丁のような形状をしている。貴樹は以前調べて、それが和剃刀と言われるものであることを知った。

この日も取り出した剃刀を眉のあたりに当て、そしてすぐ思い直したように降ろした。深い溜息《ためいき》をついて物思いに沈み込む。少しして再び剃刀を上げたが、顔に向けたそれを躊躇《ためら》うようにしてから首に向けた。研ぎ澄まされた刃がぎらりと光った。

女は鏡を見たまま、剃刀を首筋に当てている。貴樹は息を呑《の》んだ。

——まさか、この女はかつて、こうして命を終えたのか。

それは弟の姿に重なった。弟が使ったのはカッターナイフだったが、同じように首に当て、引いた。貴樹はその頃大学にいて、実際に事切れた姿を見たわけではない。しかし訃報《ふほう》を告げる父親からの電話を受け、そのときに鮮明に脳裏に描かれた映像が、いつの間にか記憶のように焼き付いていた。

女は剃刀を当てたまま、低く嗚咽を漏らし始めた。息を呑んだまま貴樹が凝視する中、手を震わせ、——そして剃刀を力なく降ろした。

貴樹が思わず息を吐くのと同時に、女は再びその場に突っ伏して声を殺し泣き始めた。

——何がそこまで辛いのか。

できることなら声をかけてやりたかった。と同時に思う。貴樹は単に女の日常を見ているのではなく、女の歴史を見ているのではないか。もしも女がかつて自死し、それによって疵《きず》となって空間に残ったのであれば、やがて貴樹は、女の死をも見ることになるのではないだろうか。

その瞬間を想像すると、剔《えぐ》られるように胸が痛んだ。そして以後、誰もいない部屋を見ることになるのか。ひょっとしたら、その欠落が弟に死を選ばせたのかもしれない。

女はひとしきり泣き、やがて気を取り直したように化粧をすると、艶やかな着物に着替えて部屋を出ていった。——悄然と項垂れたまま。

以来、女は泣くことが増えた。声を殺して泣き、文机に向かって鉛筆を動かし、ときには手紙を取り出して読み、また泣く。

ただゆらゆらと流れていた女の時間が、良くないものに向かって傾斜したような気がした。少しずつ速度を増して、暗いほうへと傾いていく。そしてそれが決定的になったのは、いくらも経たないある日のことだった。

この夜も女は泣いていた。衣桁《いこう》に掛けた着物や帯を畳みながら、何度も手を止めて顔を覆い忍び泣く。ひとしきり泣いたあとには束ねかけた腰紐《こしひも》を手にしたまま、呆然と項垂れて坐っていた。ややあって、女はその柔らかそうな布製の紐をゆっくりと自分の手首に巻き始めた。紐の片側を自分の手首に二重に巻き、紐の端を啣《くわ》え、苦労して結ぶ。長い紐の片半分が女の手に結び付けられ、もう片半分が長く残された。余ったほうを手に、女はふいに振り返った。まるでそこに貴樹がいることを承知していたかのように。

女は真っ直ぐにこちらを見る。貴樹の眼と陰火のような光を宿した眼が合った。揺れる花のように儚げな女の眼は、ぎょっとするほど生々しかった。涙のせいか、濡れて充血した眼が貴樹を見据え、そして女は余った紐を貴樹のほうへと差し出した。まるでその片端に結ぶべきもう一つの手首を求めるかのように。

貴樹は慌てて隙間から顔を離した。

――あれは、あなたの命を取る。

こういう意味だったのか、と初めて悟った。女は共に死ぬ相手を求めているのだ。思うと同時に、また幻影が脳裏を過《よぎ》った。実際に目にしたわけでもないのに、忘れがたい鮮明な映像。ベッドに坐り、机に突っ伏し、自らの血糊《ちのり》の中に伏して事切れていた弟。

震えながら鏡の位置を戻して隙間を覆い隠した。

――あんなものは無視すればいい。

いや、そもそも二度と見なければいい。

そう決意したものの、一夜が明けると怯えた自分が滑稽に思えた。所詮《しょせん》は幻影の一種だ。女が自分のほうを見たからといって、それがなんだというのだろう？

しかも、あんなことはもう二度とないかもしれない。確かめてみるのだと自分に言い訳して鏡をずらし、隙間に顔を寄せると今度は最初から女と眼が合った。

女は片手に紐を握って差し出したまま、こちらを見ていた。朝陽の射し入る部屋の中、昨夜の状態で凍り付いたかのように動きを止め、じっと貴樹のほうを見ている。凝視していると、女は貴樹のほうを見据えたまま、自動人形のようにゆっくりと首を傾けた。

――なぜ、と問われている気がした。

慌てて顔を離した。もう見ない、と心に決めた。いつぞや訪ねてきた男が言っていた「危険」とはこれのことか。だが、隣にいる女は見なければ存在しないも同然だ。それともやがて実害を及ぼすようになるのか。――まさかとは思うが、あの女が壁を越えてやってきたら。

男に話を聞きたかった。なぜ「危険」だと言ったのか。実際にどういう危険があるのか。命を取るというが、それは具体的にはどういうことなのか。男はなぜそれが分かったのか。ひょっとしたらあの植木屋がまた来てはいないか。姿を捜して裏庭越し、料亭の庭を覗き込むと、離れに向かう渡り廊下のあたりに従業員とは毛色の違うTシャツ姿の人影を見掛けた。庭木のせいで見通しが悪い。体勢を変え、なんとか透かし見てみたが、ラフな着衣に腰に下げた道具袋と、出で立ちは似ていたが植木屋ではなさそうだった。あの男は上背もあり体格も良かった。渡り廊下のあたりで立ち働いている男は、それよりは小柄に見えた。

確認しようとなおも体勢を変えていると、視線に気づいたように男が貴樹のほうを振り仰いできた。遠目で定かではないが、やはり植木屋ではなさそうだった。その若い男は貴樹に気づいたのか、朗らかに会釈をした。

——違う。

貴樹は植木屋の名前も住所も聞いていない。分かるのは、おそらく料亭に出入りしている植木屋だろうということだけだ。女将に聞けば連絡先が分かるだろうか。

思っていたときだった。壁のほうから三味線の音が聞こえた。

貴樹は壁を振り返った。微かだが、確かに聞こえる。戯れ弾くように三味線を鳴らす音だ。恐る恐る覗いた隣の部屋、女はいつものように貴樹に背を向け、三味線を爪弾いていた。

思わず安堵の息を吐いた。女は濡れた髪を一つに纏め、藍染めの浴衣に身を包み、背中を丸めるように坐って三味線を鳴らしていた。ひとくさり鳴らしては、何かに気を取られたように手を止める。しばし動きを止め、音のない溜息をつき、また爪弾く。

よかった、と胸の中で呟いている自分を、貴樹は危険だと思う。そもそもこの女の存在は異常なものなのだ。こんなふうに見守り、見守ることで慰められてはいけない。

そう分かっているのに目を離せなかった。見守っているのは、奇妙に安らぐ心地がした。途切れ途切れの三味線の音は雨垂れのようだった。染み入るように響き、乾いて罅《ひび》割れた何かを潤す。

ひとしきり三味線を鳴らした女は楽器を置いた。代わりに懐に手を入れ――そしてずるずると紐を引き出した。

貴樹は思わず身を強張らせた。女は柔らかそうな紐を引っ張り出すと、昨日と同じようにゆっくりと自分の左手首に巻いていく。苦労して片端を自分の手首に結び付け、そして貴樹を振り返った。この日、女の眼は乾いていたが、生々しい色を湛《たた》えているのは同じだった。真っ直ぐ射貫《いぬ》くように貴樹を見据えたまま紐の片端を差し出す。そ

呑まれたように貴樹が身動きできずにいると、表情のない眼を貴樹に据え、問うように首を傾ける――ゆっくりと。

――駄目だ。一緒には逝けない。

女は紐を差し出したまま動きを止め、そしてややあってから、ふいに動きを再開して鏡台に躙《にじ》り寄った。抽斗を開け、中から剃刀を取り出す。油を引いたように光る刃を、紐の片端と共に貴樹に向かって差し出した。

貴樹は身を引いた。目の前には古く罅割れた土壁と、黒々とした隙間が口を開けている。

──たぶん、と思った。

弟はあれに連れて行かれたのだ。幾度となくああして情死を強請《ねだ》られ、ついに拒みきれずに懇願に応じた。

二度と隣を見てはいけない。──決意は固いのに、それを貫く自信が貴樹にはなかった。


貴樹は翌日、久々に出掛けた。ホームセンターを探し、板と工具を買う。それを二階に持って上がり、隙間のある柱に沿わせて打ち付けた。ガムテープで目張りした上を板で覆って完全に封じる。さらには本棚の位置を動かし、背の高い箪笥を板の前に据えた。

やっと一息ついたところで細い三味線の音を聞いた。

──何重にも障壁を。

運び込んだ荷物を表側にある自分の部屋に移し、弟の部屋を閉ざした。襖を閉め、厳重に目張りをする。板は使い尽くしていたので、動かせるだけの荷物をその前に積み上げた。

──部屋を移そう。

一階にある両親の荷物を片付けて二階に運び上げ、二階を閉ざしてしまうのだ。そうやって暮らしを立て直し、職を探す。どんな仕事でもいい、見つかったらこの家を売り払って小さなアパートにでも移ろう。

強く自分に言い聞かせ、貴樹は一階へと降りた。


貴樹は数日、一階を掃除することに専念した。父母の荷物を整理し、捨てられるものは捨てる。二階へは可能な限り足を踏み入れないようにした。やるべきことはいくらでもあった。職安に登録し、できる限り家を離れて町を歩くようにした。数日はそれで新しい生活に踏み出せるような気がした。だが、日に日に意識は二階へと戻っていく。やってやる、という最初の高揚感が萎むと、喪失感が襲ってきた。貴樹は女と隔てられてしまった。

——彼女を失った。

いや、失ってはいない。二階に上がり、障壁を取り除けばまた会える。最初はそのための手間を考えて自身を抑えていられた。そのうちに、あれこれと言い訳を探している自分を発見した。

上の荷物も整理しなければ。

積み上げた荷物も全部中を検めて整理したほうがいい。

熱気が籠もる。風を通したほうがいい。

弟の部屋を見ていたほうが、むしろ自分への戒めになる。

気もそぞろになった。一階の裏側、庭に面する部屋に蹲《うずくま》ることが多くなった。縁側に坐り、いつの間にか耳を澄ましている。三味線の音が聞こえないか。ときに微かに、爪弾く音が聞こえるような気がした。はっとした瞬間、自分が呼ばれているような気がする。

聞こえた気がしているだけだ――自分を宥《なだ》めて膝を抱いていた夕暮れ、貴樹はふと庭の一角にそれを見つけた。

歪な形の狭い裏庭、ろくな庭木もなく、放置されて雑草が生い茂ったままになっている。その片隅に朧《おぼろ》に花が揺れていた。

褪せたような薄紅、――芙蓉だ。

それはまだ小さかった。樹高はわずかに子供の背丈ほど。陽当たりが悪いせいか、幹も枝も頼りなく、葉も少なく色も悪かった。にもかかわらず、たった一輪、花が付いている。あるかなきかの風に頼りなく揺れていた。

両親が植えたのか。あるいは、墓地にあるあの木から――さもなければどこからか、種子が飛んできて根付いたのだろうか。

それを見ると堪《たま》らなかった。貴樹は立ち上がり、二階へ向かう。さまざまな言い訳を胸のうちで呟きながら、荷物をどかし、封印を解いて弟の部屋に踏み入った。微かに三味線の音が聞こえた。

——待っているんだ。

俯き、袂で顔を覆って泣く女の後ろ姿が甦った。泣かせているのは自分だ、という気がした。心なくも一方的に関係を断ち切った、そのことがああも彼女を泣かせている。

家具を動かした。自分で打ち付けた板を見て、一瞬、躊躇を感じたが、ほんの少し近くなったように思われる三味線の音がそれを雲散霧消させた。板に手を掛けると、打ち付けた板は情けないほどあっさりと剝《は》がれた。打ち付けた相手が土壁では、ほとんど釘は利いていなかったのだろう。柱に打った釘も、柱そのものが弱っているのか、ほとんど抵抗する力がなかった。

板を剝がし、目張りを剝がすと黒々と隙間が現れた。そこから吐息のように三味線の音が流れてくる。

貴樹は顔を寄せ——そして、困惑して顔を離した。柱に沿って空いた隙間を確認し、改めて顔を寄せる。そこには何も見えなかった。

何度も姿勢を変え、角度を変えてみたが結果は同じだった。隣の部屋はおろか、光すら見えない。

ここよ、と訴えるように三味線が鳴る。

思い余って貴樹は机からボールペンを取ると、隙間に無理矢理ねじ込んだ。ペン先を打ち込み、捏《こ》ねて隙間を広げる。広げては隙間を覗くことを繰り返し、ようやくうっすらと明かりが見えた。

だが、そこにあったのは、古びて錆《さび》が浮いた波板の壁面でしかなかった。わずかな残照で、風雨に傷んだ隣家の壁がすぐ間近に迫っているのが見て取れた——それだけだった。

——なぜ。

三味線の音は聞こえている。確かにこの隙間の向こうに女はいる。なのにその姿が見えない。本来、見えるはずのなかったものは、当たり前に見えるべき外壁に遮《さえぎ》られて覆い隠されてしまっていた。

貴樹は自分が女に見捨てられたような気がした。次いで、そうではない、と思う。女は貴樹を呼んでいる。げんに物憂げな三味線の音は続いている。誰かに隔てられたのだ、という気がした。ふっと甦ったのは、先日、渡り廊下のあたりで見掛けた若い男だった。庭師ではないが、庭師と同じように道具袋を腰に付けた男。あれは——ひょっとしたら大工ではなかっただろうか。

貴樹は階段を駆け降り、家を飛び出した。二軒先の料亭へと駆けつけ、門から玄関へと至る露地に水を撒いていた従業員を捉まえ、女将に会いたいと伝えた。貴樹の剣幕に驚いたのか、従業員は後退《あとじさ》るように建物の中に入り、すぐに代わって女将が出てきた。女将は、いつかのように涼やかな佇《たたず》まいでやんわりと微笑《ほほえ》んでいた。

「血相を変えて、どうなさいました」

「部屋に——あの部屋に何かしましたか」

責める口調になった。たぶん形相も変わっていたと思う。それを意に介したふうもなく、女将は「はい」と微笑む。

「障りのある部屋のようなので、改装をいたしました。万が一にも御迷惑がないよう、お宅様のほうに面する壁を塞がせていただきました」

「余計なことをしないでくれ」

「そう仰いましても」

「剝がしてくれ——すぐに」

貴樹が言うと、女将は凜《りん》とした表情でそれを拒んだ。

「お断りいたします。そもそもあれはうちの建物ですから。そちらさまに物音が漏れたり御迷惑がかかりませんよう、手を加えただけです。それを責められる謂《い》われはございませんでしょう」

女将の言う通りだった。貴樹には女将を非難する権利はない。

「しかし――」

諦めきれず言いさした貴樹に、

「これでもまだ御迷惑があるようなら、ひと思いにあの建物を取り壊すことも考えております」

言葉を失った貴樹に、女将は「では」と丁寧に一礼する。気勢を殺《そ》がれ、貴樹は力なく踵を返した。

貴樹は女将を責める立場にない。ましてや、塞いだ壁を元通りにしろと命じる権利もない。どうすることもできない。

無力感に苛《さいな》まれてしおしおと家に戻った。二階へと上がり、悪戦苦闘した痕跡もそのままの部屋へと戻る。隙間に顔を寄せたが、やはりそこにはあの部屋は存在しなかった。ただ、小さく三味線の音が響いてくる。

――済まない。

心の中で詫《わ》びて壁に額を当てた。はたり、と三味線の音がやんだ。爪弾く音が再び流れ出すのを貴樹は待った。しばらくののち、待ちきれずに隙間に耳を当てた。微かに忍び泣く声を聞いたように思った。

翌日、貴樹が依然として隙間から何も見えないことを確認し、悄然と一階へ降りると、格子戸の隙間から投げ込まれたのか、一通の手紙が玄関土間に落ちていた。拾い上げたその封筒には宛名も切手もない。封を切って中身を取り出すと、紙が一枚。その紙には拙《つたな》い鉛筆の筆跡で、「あいにきて下さい」とだけ書いてあった。

それ以後、隙間から隣の様子が見えることはなかった。隙間に耳を当てると、微かに忍び泣く声が聞こえた。咽《むせ》ぶような三味線の音と。ただ耳を当てているしかない貴樹のもとには、今日も拙い手蹟の手紙が舞い込んでいる。

——あいにきて下さい
——どうしてきて下さらないのですか
——いつなら会えますか
——いつになったら
　きて下さいますか

（角川文庫『営繕かるかや怪異譚　その弐』に収録）

子どもを沈める

山白朝子

一

私の高校時代のクラスメイトが赤ん坊を殺した。

すこしたってまた別の友人が赤ん坊を殺し、さらにまた別の友人が自分の子を殺害した。


高校時代、私の家庭環境は最悪で、父は外に愛人を作り、母は昼間からお酒を飲んでいた。私の心はすさみ、大人たちを憎み、不良とつきあうようになった。当時の友人には万引きや暴力事件で補導される者もいた。その中に私がよく行動をともにした女子グループがいた。渡辺恵子《わたなべけいこ》、岡村香澄《おかむらかすみ》、藤山幸恵《ふじやまゆきえ》の三人だ。彼女たちがそれぞれ、自分の産んだ子どもを殺したのである。

渡辺恵子は、一歳に満たない女の子をお風呂《ふろ》に沈めたという。

岡村香澄は、生後三ヶ月の男児の首をしめてゴミ袋に入れ燃えるゴミの日に出そうとした。

藤山幸恵は、出産から十ヶ月後に、赤ん坊をマンションのベランダから地面にむかってたたきつけるように投げ落とし、そのまま自分も身を投げた。赤ん坊は助からなかったが、彼女は一命をとりとめたという。

育児ノイローゼだったのだろうとみんなは言う。彼女たちは高校卒業後に連絡を取りあっておらず、事件につながりを見いだせなかった。それぞれ別個の出来事として処理されたのだ。

高校卒業後に一人暮らしをはじめて、私は彼女たちから距離を置いていた。三人が結婚し、出産していたこともしらなかった。彼女たちのことは、東京で偶然に遭遇した顔なじみがおしえてくれたのである。

高校時代をいっしょに過ごした仲だ。私は彼女たちのことを気にかけてあげるべきだろうか。連絡を取りあい、悩み事の相談に乗っていたらこんなことにはならなかったのではないか。だけど気が進まなかった。私は、当時の自分が嫌いだ。大人への反抗心ばかりをエネルギーに私は空回りして、その果てに、大変な罪をおかしてしまった。

当時、住んでいたところは、河川工事のためのダンプカーが土埃《つちぼこり》をあげながら行き交い、不良たちが資材置き場で煙草を吸っていたりするような、殺風景で何もない町だった。どんよりとした閉塞《へいそく》感が立ちこめている行き止まりのような場所だ。夫にもそのころの写真を見せたことはない。当時の私が写っている写真は焼いて捨ててしまった。もしも当時の写真を目にすれば、今の私とのギャップに夫はおどろくだろう。

私あてに手紙が届いたのは、結婚して新居に引っ越しをしたころのことだった。実家あてにそれは届いていたらしく、母の再婚相手の男性が、何かを察して転送してくれたらしい。手紙は便せん数枚にわたって書かれていた。差出人は藤山幸恵。赤ん坊をマンションのベランダから投げ落としたという、高校時代の友人である。

＊

吉永《よしなが》カヲル様

お久しぶりです。私のこと、おぼえていますか？

高校でよくいっしょにあそんだ、幸恵です。

あのころは楽しかったね。つらいこともあったけど。

急にこんな手紙が届いて、おどろいていることでしょう。

ずっと連絡を取りあっていなかったから、こんな風に手紙を書くのも気恥ずかしいです。
カヲルは私たちのグループの中でも、すこし特殊だったしね。
他に居場所がなくて、私たちの後ろをしかたなくついてきているような感じ？
カヲルに連絡を入れるのをためらいました。
あのころのことを、おもいだしたくないはずだから。
でも、あなたが結婚するという話を耳にして、こうして手紙を書いています。
どうしても伝えたいことがあります。
だけど、その一方で、あなたなら大丈夫かもしれないという期待もあるのです。
もし、そうなら、しらないままの方がいい。
私たちが生田目《いくため》頼子《よりこ》にしてしまったことは、許されるものではありません。
ですが、あなたはすこし距離を置いていた。
私たちのすることを後ろで見ているだけだった。
その罪も、いくらか軽減されていることでしょう。
彼女も、あなたは無関係だったと、おもってくれているかもしれないし。

＊

手紙には続きがあった。だけど私は中断して目をつむる。便せんをそのまま折りたたみ、机の引き出しの奥に突っ込んで忘れてしまうことができたらどんなにいいだろう。彼女からの手紙は、私が記憶から消し去ろうとした過去そのものだ。当時の臭い、空気感、様々なものが蘇《よみがえ》って、嘔吐《おうと》しそうになる。

生田目頼子。彼女の名前、おびえた表情、何もかもおぼえている。心臓を冷たい手でつかまれたような気がして、胸をおさえる。救いを求めるような彼女の目が脳内をちらついて離れず、高校卒業後、振り切るように新幹線へ乗りこんだ。彼女にまつわる一切から逃げだそうとして東京に出てきたようなものだ。

暗い顔つきの女子生徒だった。家が裕福ではなかったのだろう。生田目頼子の制服はいつもしわくちゃで、ところどころに染みの汚れがあり、そのことで笑いものにされていた。暇つぶしに彼女を標的としたのが、クラスメイトの渡辺恵子、岡村香澄、藤村幸恵である。私も部外者ではない。仲良くしていた三人と行動をともにすれば、否応《いやおう》なくその場に居合わせるのだから。

彼女は目の下に小さな三つのほくろがあり、くちびるはうすく、何かを命じられると、こわばったように引きつった顔をした。大人に対する嫌悪感といらだちの反動だろうか、彼女のように弱々しい女子生徒を目にすると自分の中にも嗜虐《しぎゃく》心らしきものを感じたのは確かだ。

ある日、特に気性のはげしい渡辺恵子が、女子トイレに彼女を呼び出して他の者たちにおさえつけさせた。渡辺恵子には逆らえない雰囲気があった。彼女の恋人は町でそれなりに力を持っているチンピラだったからだ。渡辺恵子は私たち一人一人に、生田目頼子の制服を汚すように命令した。全員を共犯関係にしたかったのだろう。今後のことをかんがえて、私は生田目頼子に、雑巾《ぞうきん》を浸したバケツの水をかけた。女子トイレの床にしゃがみこんで懇願するように私を見るずぶ濡《ぬ》れの彼女をおぼえている。

それから何ヶ月か経過した冬、生田目頼子が学校に来なくなり、リストカットをくり返しているという噂が聞こえたかとおもうと、その翌週に葬式が行われた。彼女の棺《ひつぎ》のそばには様々な動物の形に折られた折り紙が飾られていた。唯一の趣味だったのだと彼女の母親が話していた。死因は自殺。自室で首を吊《つ》ったのである。

私たちは戸惑い、恐怖し、虚勢をはった。友人の一人、岡村香澄は彼女の死を聞いて笑っていたけれど。岡村香澄はそういう子だった。おまけに父親が学校に対して発言力のある人で、生田目頼子の家族が、娘の死はいじめによるものだと主張したものの、岡村香澄の父親によってもみ消されてしまった。私たちを罰する教師はいなかった。私たちの人生は守られたのだ。私が嫌悪感を抱いている大人の力によって、もっとも忌むべき形で。

生田目頼子の話をする者はいなくなり、はじめからいなかったかのように学校ではあつかわれた。私たち四人のグループは次第によそよそしくなり、積極的な交流を持たなくなったまま卒業の時期となった。

上京後、彼女のことを忘れるために生活態度をあらためた。大人に対する反抗心も消えた。岡村香澄の親の権力によって守られたとき、私を構成していた様々な柱は崩れ去ったのだ。そういう過去があったことを隠しながらバイトを探し、資格をとるための勉強に励んだ。今の夫とは職場で出会ったが、私が高校時代にしてしまったことをしらない。

二

あの時にもどれたら、そして彼女にあやまることができたらと、後悔しかありません。

私たちは若く、何が良くて、何が悪いのかが、当時はまだわかっていなかった。

彼女の泣いている様を見て、たのしんでいた。

その行いが今の状況を引き起こしたのだとおもいます。

私は病院でこの手紙を書いています。

あなたにも伝わっていることとおもいますが、自分の子どもを殺してしまったのです。
渡辺恵子も、岡村香澄も、産んだ子どもを自分の手で殺しました。
私たちは、愛する存在を抱っこすることは二度とないのです。
私の子は女の子でした。
この世に生を享《う》けた瞬間の幸福な感情は今もはっきりとおぼえています。
母乳を飲ませて、おむつを交換し、そのちいさな存在に寄り添って眠りました。
だけど、しばらくすると娘に違和感を抱くようになりました。
その子の顔が、私にも、夫にも似ていないのです。
新生児だからそう感じるのだろう、そのうちに似てくるのだろう。
そうおもいながら数ヶ月が経過しました。
だけど私は薄気味わるいものを感じるようになっていました。
目鼻立ちが、かつて見たことのある女子生徒の顔に似ている気がしたのです。
私たちに救いを求めて懇願していた彼女の顔に。
十数年の時間をこえて私は自分の赤ん坊として彼女と再会したのです。
はじめのうちは気のせいだとおもいました。
ですが、腕に抱っこしているときも、母乳を吸わせているときも……。
やはり娘は生田目頼子の顔をしているのです。

夫にそのことを話してみました。

育児でつかれているのだろうと心配そうにするだけでした。

罪悪感のせいで、私にだけ赤ん坊の顔がそう見えるのだろうか。

私はかつての同級生に打診し、生田目頼子の写真を取り寄せました。

写真と赤ん坊の顔を見くらべてみました。

今度は夫も顔をこわばらせながら、娘と生田目頼子がよく似ていることを認めてくれました。

遺伝子検査を行ってみました。

生物学的にも、娘は、私の子でした。

しかしその顔は、かつて私たちのせいで自ら命を絶った少女のものでした。

私はいつしか娘を愛することができなくなって、

娘がその顔を真っ赤にさせて泣いているときも、

私は、かつて自分のしたことを責められているような気がして、

おそろしくなり、耳を塞《ふさ》ぐようになりました。

それでも最低限の世話をつづけられていたのは、夫が私をはげましてくれたから。

過去の罪の告白を真摯《しんし》に聞いてくれたおかげです。

そんなある日のことでした。

私は、娘の背中に赤色の染みのようなものを見つけたのです。

よく見ると、その部分はかすかに肉が盛り上がっていました。

ふと、高校時代のことをおもいだして、その正体に私は気付いたのです。

私は、渡辺恵子に命令されて、生田目頼子の背中に煙草の火を押しあてました。

彼女は熱がって、涙を流しながら身をよじっていました。

娘の背中の染みは、ちょうど私が、彼女に煙草を押しあてた箇所と一致しているのです。

それに気付いたとき……。

まだ零歳《ゼロ》の娘が、私の顔を見て、よりいっそう、はげしく泣き出したのでした。

母親の顔を見れば、普通は安心して泣き止《や》むものでしょう?

だけど、まるでおそろしいものを見るような目つきで、娘は、私を見たのです。

気付くと私は、娘を腕に抱いてベランダに立っていました。

地面にむかって投げつけると、娘は赤色の染みになりました。

それから私も飛び降りました。

生きのびたことは、幸せなことなのか、不幸なことなのか、わかりません。

渡辺恵子と岡村香澄の身にも、似たようなことが起きたのではとかんがえています。

二人のことを知ったのは、私が子どもを殺した後のことでした。

私たちは、生田目頼子によって復讐《ふくしゅう》されているのでしょう。

私たちには、愛する者を腕に抱く権利などないのだと、そう彼女は言っているのです。

あなたもまた私たちと同じようなことになるかもしれない。

そのような危惧《きぐ》から、このような手紙を書かせてもらいました。

最後まで読んでくれてありがとう。

藤山幸恵

＊

手紙を読み終えてベランダへ出た。指先が冷たくなっている。書かれていることがすべて真実であったなら、彼女が私に伝えたかったことは、おそらく次のようなことだろう。

「あなたは赤ん坊を産まないほうがいい。自分たちのようになるかもしれないから」

その一文はどこにも書かれていない。しかし彼女は、私が結婚したという話を聞き、このような手紙を書くことにしたという。結婚の次に出産というイベントがあることを見据えて、彼女は私にしらせてくれたのではないか。それならば、彼女の手紙は、おそかった。

吐き気をもよおして、私はベランダを離れ、トイレにむかう。

つわりだ。私が夫と急遽《きゅうきょ》、結婚することに決めたのは、おなかの子どもが原因なのだから。

会社から帰宅した夫は、部屋が暗いことにおどろいていた。私は照明をつけるのも忘れてかんがえごとをしていたらしい。彼の顔を見ると涙がこみあげてきた。いつまでもひみつにしていることはできないとおもい、私は彼に悩みをうちあけた。

高校時代の私のふるまいや、命を絶った少女のこと、そして高校時代の友人が次々と赤ん坊を殺してしまったことを話す。藤山幸恵の手紙を見せて、おなかの中にいる子どもをどうすべきかを相談した。つわりがはじまっているとはいえ、妊娠初期なので中絶は間に合うはずだ。しかし夫は、手紙を何度も読み返したうえで、首を横にふる。この手紙だけで中絶するかどうかを決めるのはよくない、と彼は言った。

私は視野がせまくなっていたのかもしれない。確かに、この手紙はすべて藤山幸恵の妄想だという可能性もある。便せん数枚にわたる文章だけで、私の中に宿った生命の生死を決めていいわけがない。藤山幸恵と会って話をすべきだろう。まずは藤山幸恵の現住所を調査するところからはじまった。手紙には彼女の住所や連絡先が見当たらなかったからだ。

SNSを通じて高校時代のクラスメイトを探し、数名に打診してみた。いずれも友人というほどではないが、会えばあいさつを交わしたという程度の者たちだ。そのうちの一人からすぐに返信があり、何度かメールのやりとりをしていくつかの事実が判明する。藤山幸恵は医療刑務所内で首を吊って死んでいた。

三

新幹線から私鉄へ乗りかえて、殺風景な故郷の町に到着する。帰郷を母には告げていなかった。いまだに私と母の間には深い溝がある。

町は記憶よりもすさんでいた。タクシーで移動する最中、閉店したスーパーや個人商店が取り壊されずに放置されている様をいくつも目にする。高校時代に友人らと万引きした文房具店はまだのこっていた。当時のことをおもいだして罪悪感が胸をちくりと刺す。しかし店をたずねて謝罪するほどの礼儀正しさを私は持ち合わせていない。

SNSを通じて私はいくつかの住所を教えてもらっていた。タクシーでそれらをひとつずつ回ってみるつもりでいる。手紙をくれた藤山幸恵の実家だけではない。渡辺恵子、岡村香澄の実家の場所も特定済みだった。

彼女たちが刑期の途中であれば、刑務所内で暮らしているはずだ。しかし、心神喪失、心神耗弱《こうじゃく》を理由に減刑されているのであれば、実家にいるかもしれないともかんがえていた。彼女たちに話を聞くことで、藤山幸恵の手紙の何割ほどが真実なのかを推測できるはずだ。しかし私の試みは、すべて空振りにおわった。

渡辺恵子の実家は低所得者層の家々がならぶ一角にあった。荒れ果てて、だれも住んでいないのはあきらかだ。近所の人に聞いてみたところ、三年前に彼女が例の事件を起こした直後からこんな状態だという。それ以前は渡辺恵子と夫、赤ん坊、そして彼女の父親が住んでいたそうだ。のこされた家族がどこへ消えたのか、近所の者はだれもしらないという。

岡村香澄の実家はおおきな一戸建てで、高い塀に敷地を囲まれていた。門扉の横のインターホンを鳴らしてみると、品の良さそうな中年女性の声で返事があった。

「どちら様でしょうか？」

私は名前を告げて、高校時代の岡村香澄の友人だと説明した。

「……娘はここにはおりません。どうか、帰ってください」

門が開かれることはなく、再度、インターホンを鳴らしても返事はなかった。

近所の住人によれば、例の事件の後、岡村香澄は離婚され、彼女の父親は企業の会長職を辞任したという。彼女は今も刑務所にいるようだ。

彼女は赤ん坊の首をしめてゴミに出そうとした、という噂しか私は聞いていなかったが、近所の人によれば実際はさらに凄惨《せいさん》な状況だったらしい。赤ん坊は証拠隠滅のために切り刻まれ、ゴミ袋に入れられた。さらにそのゴミ袋を鴉《からす》が漁《あさ》ってしまい、赤ん坊の内臓が路面にちらばり、体の一部が近隣の住宅の屋根の上から見つかったという。

藤山幸恵の実家跡は駐車場になっていた。ＳＮＳで教わった情報は高校時代の古いものだ。近所の住人によれば藤山家は五年ほど前に引っ越してしまったという。

「幸恵ちゃん、子どもを産んですこしたったころから、変なことを言うようになっていたらしいですよ」

そうおしえてくれたのは、藤山家と親しくしていた近所の人だ。引っ越し後も交流があり、藤山幸恵の年老いた母親から電話で相談を受けていたという。

「子どもの顔が、こわいって、いつも見ないようにしていたらしいです。中学か高校のときの、死んだ子にだんだん似てくるって、そんな風におびえてたみたいで。おかしな話でしょう。つかれていたんですよ、たぶん」

彼女は手紙に書いていた内容と同じことを周囲にも話していたようだ。すくなくともあの手紙は、私をからかうために書かれた嘘ではないらしい。彼女は正真正銘、子どもの顔の件で思い悩み、おびえていたようである。

タクシーに乗りこんで私はつわりの苦しみに耐える。運転手に最後の行き先を告げた。SNSで教えてもらっていた住所は全部で四つ。そこへ行くのを後回しにしたのは、十数年間の蓄積された負い目のせいだ。

生田目頼子が住んでいた自宅は、古ぼけた木造の民家だった。外壁はぼろぼろで、庭も荒れており、暗く陰鬱《いんうつ》な雰囲気がある。私はその家を前にして足がうごかなくなった。二階部分の窓に人影を見たような気がしたが、気のせいだったのだろう。ここはすでに空き家なのだから。

近所の人の話によれば、生田目頼子の家族は離散して行方のわからない状態だという。私は、やりきれない気持ちのまま彼女の住んでいた家をながめる。

「あの窓が頼子ちゃんの部屋だったのよ。そこで首を吊ってね。かわいそうに」

近所の人が指さしたのは二階の窓だった。先ほど人影を見たような気がした窓である。私は両手を合わせて頭《こうべ》をたれる。心の中で当時のことを謝罪した。それで自分のしたことが許されるのかどうかはわからないが、今の私にできるのはそれくらいだった。

旅から戻った後、私と夫は生田目頼子の家族の行方を捜した。わからずじまいだったが、彼女のお墓の場所を特定して線香をあげることはできた。

夫と相談して、中絶はしなかった。おなかが目立つようになり、体の中で自分の意思とは無関係に何かがうごくのを感じるようになる。病院で撮影されたエコー写真で胎児の顔立ちを確認したが、写りがわるく、どんな顔をしているのか判断できなかった。私から生まれてくる子は、はたして、どんな顔をしているのだろう。不安になる私を、夫が支えてくれた。

やがて破水した。呼吸できないほどの痛みに耐えながら分娩《ぶんべん》台にあがる。産婦人科医と看護師の指示に従いながら私は赤ん坊を産んだ。事前におしえてもらっていた通り、女の子だった。

やり遂げた充実感と多幸感に包まれながら、看護師に抱えられた赤ん坊を見つめた。

「あら、目の下にちいさなほくろがありますね」

看護師が言った。その瞬間、私の頭をかすめたのは生田目頼子の顔だった。彼女と同じような、目の下の三つのちいさなほくろが、私の赤ん坊にもあった。

生後すぐは顔がしわくちゃで、まだそれほどの違和感を抱かずに娘と接することができた。平気だったわけではない。高校時代の友人たちのことをおもいだして、はたして自分はこの子を殺さずにいられるのだろうかと心配した。母親として、この子に愛情を抱けるのだろうか。このちいさな存在は、自分の子なのだろうか、と。

生物学的には親子だ。自分の体内に宿り、十ヶ月かけて大きくなって私から出てきたものだ。その経緯を肉体的に体験している。しかし、この子の目の下の三つの点は生田目頼子にそっくりだ。次第に彼女の顔へと近づいていったとき、自分の子として受け入れられる自信が持てなかった。

それでも自分たちはこの子を育てなくてはならない。夫はそのように主張した。彼は私よりも多少は前向きに娘のことを受け入れようとしていた。彼は生田目頼子と接点がない。実際に顔を見たわけでもない相手だ。死んだはずの少女に顔が似るという状況に畏怖《いふ》しているようだったが、私とちがって彼女に対する罪の意識や負い目はない。

夫は私に気をつかって、できるかぎり子どもの世話を引き受けてくれた。ミルクをあたためて、おむつを交換し、お風呂にも入れてくれた。できるだけ私と娘が二人きりにならないように配慮してくれた。私がつかれている様子を見せると、会社を休んでくれた。休暇をとれなかったら、会社を辞める覚悟だと夫は言う。私の友人たちが、それぞれ自分の子どもを殺《あや》めたという前例があったので、夫はこの状況を重く受け止めてくれていたようだ。

　空気で膨らませたベビーバスで、夫が娘の体を洗っているとき、ふとももに青あざがあるのを見つけた。生田目頼子のふとももにも確か、似たようなあざがあったはずだ。渡辺恵子が上靴の踵《かかと》でつけたものが。そのことを夫に話したところ、赤ん坊にはこのような青あざができるものだと諭される。皮膚の深いところでメラニン色素の沈着がおきることで青色になるらしい。しばらくすれば消えるよ、と夫は言った。しかしその青あざはいつまでも消えなかった。

　生後一ヶ月が経過し、娘の顔立ちもはっきりしてきた。目鼻の形状が私とも夫とも異なっている。その顔と生田目頼子を頭の中で重ねてみた。彼女の顔写真は手元に一枚もなかったが、忘れられない忌まわしい記憶として私は彼女の顔をおもいだすことができる。やはり私の娘は彼女にそっくりだった。このちいさな存在は、私の体から出てきたという由来を持っていたが、より本質的な魂の部分は、私たちを恨みながら死んでいった少女のものにちがいない。生田目頼子は死んだとき、その魂をいくつかに分けて、憎しみを抱いていた相手の体にそれぞれ埋めこんだのではないか。

　やっぱり私は、この子が怖い。夫に相談する回数が増えた。娘に母乳をあげることもあったが、高校生の生田目頼子が私の胸に吸い付いているように見える瞬間があり、咄嗟《とっさ》に悲鳴をあげて娘を引き離してしまう。愛情を注ぐべき自分の子が、何か得体のしれないものに感じられてくる。あの子と同じ部屋にいるのも嫌だ、だれかに引き取ってほしい。恐怖心からそのように言うと、夫と喧嘩《けんか》になった。

そもそも私がわるい。高校時代に一人の少女を傷つけて死に追いやったことが元凶ではないか。生まれてきた赤ん坊に罪はないはずだ。夫はそう私を責める。喧嘩の後はきまって娘を殺したくなった。この子が生まれてくる前は夫とも良好な関係だったのだ。夫が私につらい言葉をあびせるのは娘のせいだという気がしてならなかった。

四

ある日、夫が会社で残業しなくてはならなくなり、私一人で娘をお風呂に入れた。ベビーバスにぬるま湯を注ぎ、そっと娘を入れる。体を洗ってやりながら、ふと、このまま沈めてしまってはどうだろうとかんがえた。

渡辺恵子がそうしたように、そっと手を放して、赤ん坊が沈むのを見ていればいい。泣き声もすぐに聞こえなくなるだろう。今のこの状況から解放される。それは魅力的なアイデアにおもえた。こいつさえいなければ。こんな奴、生まなければ。そのとき娘が、女子トイレで私たちにむかって懇願する生田目頼子そのものに見えた。彼女はされるがままで、決して抵抗せず、自分の運命を受け入れていた。その目は弱々しく、あきらめきったように光をうしない、この世界が苦痛に満ちていることを私たちにおしえてくれた。

あわてて娘をベビーバスから引き上げてバスタオルに包んだ。危なかった、というおもいがある。それから目をつむって娘を抱きしめた。腕の中で娘がもぞもぞとうごくのを感じた。

恐怖心を理性でねじふせる。殺すなんて間違っているはずだ。そう自分に言い聞かせる。この子の中に入っている魂が、たとえ生田目頼子だったとしても、いや、だからこそ、殺すなんてことは間違っている。渡辺恵子も、岡村香澄も、藤山幸恵も、選択肢を誤ったのだ。彼女に対して後ろ暗い感情があったから、三人は赤ん坊を手にかけてしまった。私は同じ間違いをおかしてはならない。赤ん坊を殺すという行為は、高校生だった当時、生田目頼子にひどい仕打ちをしたのと同じことのくり返しだ。生田目頼子に対して本当の意味で謝罪する気持ちがあるのなら、別のやり方がきっとあるはずだ。

生田目頼子が自ら命を絶ったとき、何をおもいながら首を吊るための紐《ひも》を用意したのだろう。彼女はなぜ私たちの子どもとして生まれなければならなかったのだろう。これは彼女の復讐だろうか。私たちが愛情を注ぐ対象に、彼女自身が入りこむことによって、私たちの愛を奪い、心を殺しにかかってきているのだろうか。それとも、彼女はただ純粋に、もっと生きていたかったのだろうか。たとえ私たちの子どもに生まれようとも、この世に留《とど》まっていたかったのだろうか。それとも、彼女は私たちに、やりなおすチャンスを与えているのだろうか。

精神科医に相談し、薬の助けを借りながら一年が過ぎた。無事に娘が誕生日をむかえられたとき夫は安堵《あんど》していた。私の友人たちの子どもは誕生日をむかえる前に殺されていたからだ。

適度な距離感から安定が得られるとわかり、ベビーシッターを雇って育児をまかせるようにもなった。そのための出費は惜しまないことにする。生活を質素にして、欲しいものを、がまんする。髪が長くなった娘は、生田目頼子にやはり似ていた。髪質や眉《まゆ》の形など、どこにも私と夫の要素が見当たらない。このまま無事に育てられたとするなら、生田目頼子が命を絶った年齢に娘は近づいて、よりはっきりと顔立ちが彼女のものになっていくはずだ。ほとんど同一人物のように。私はそのとき平静でいられる気がしない。死者といっしょに暮らすようなものではないか。

私と娘の間には、常に緊張感のようなものがあった。おたがいにおびえたように萎《い》縮《しゅく》し、肌を触れさせるのも最小限にとどまった。娘は夫の方によく懐いており、それもしかたのないことだ。

二歳になると、娘は言葉をおぼえた。

「ママ、くさいおみず、かけた」

ある日、娘がそんなことを言った。

「かけた。くさいおみず」

「そんなことしないよ。したことないでしょう？」

「したよ。ママ、こわい」

おもいあたる出来事が、確かにあった。私は高校時代、生田目頼子に雑巾を浸したバケツの水をかけたことがある。高校時代の私がしてしまったことを娘がしっている。

自分の顔がこわばるのを感じた。

「そっか、ごめんね。ママがまちがってた。もう、しないからね、そんなこと。だから、安心してね」

娘は警戒するように私を見ていた。それから私は、昼間からお酒を飲むようになった。かつて自分の母親がそうしていたように。

夫と距離ができたのは、私がアルコールの臭いをただよわせるようになったからだ。いつか夫と娘だけで出て行ってしまうかもしれないなとかんがえる。悲しいことだが、そうなったら心は平穏を取り戻せるかもしれない。

娘は折り紙であそぶようになった。二歳とはおもえないほどしっかりした手つきで象やライオンを折る。それらの折り方を、だれからもおそわっていないというのに。そういえば生田目頼子も生前は折り紙が趣味だったとおもいだす。彼女の棺のそばには折り紙が飾られていたはずだ。折られた動物たちに見送られて彼女はあの世に旅立ったのだ。そして今、ここに戻ってきて私の娘となっている。

娘に対する恐怖心を抱きながら、その一方で、母親として彼女を愛そうと努力していた。しかしそれがむずかしい。普通の母子であれば、子どもの寝顔を見たとき、愛《いと》おしいという感情がわいてくるはずだ。しかし私の場合、娘の寝顔を見ても、なぜ彼女が私の暮らす場所にいるのだろうかという異物感が先にある。

夫と距離ができたのとは正反対に、アルコールまみれの生活は、私と母の距離を縮めさせた。私が中高生のときは、酒浸りになっていた母のことが腹立たしく、こんな大人にだけはなるまいとおもっていたから喧嘩が絶えなかった。だけど今、昼から酔った頭で母のことをおもうと無性に会いたくなる。おもいきって電話をしてみたら、母もまた昼からビールを飲んでいたらしく話がはずんだ。

「あんたは子どもを殺したらいけないよ」

電話越しに母は言った。

「私はだめなお母さんだったけど、あんたにむかって暴力をふるったことはないでしょう?」

そのかわり、ほとんど育児放棄気味の状態だったけれど。

「今度、あんたの娘を抱きに行ってもいい?」

「わかった。来て。だけど、全然、私には似てないよ」

「あんたに似なくて良かったじゃない。つまり、私に似てないってことだから」

缶ビールをすするような音が電話越しに聞こえる。十代のころだったら、今ので怒って電話を切っていたかもしれない。

「じゃあ、お母さんは、私の顔が自分にそっくりだとおもっていたんだね」

「嫌なもんだったよ、自分そっくりの娘から、軽蔑《けいべつ》の目をむけられるのは」

「ごめん……」

「どうしたの、いったい。あんた、変だよ。急に電話をかけてくるし」

母は私に愛情を抱いたことがあるのだろうか。愛があったのなら、私が中高生のとき、すさんだ生活をしていなかったんじゃないのか。だけど母には母の人生があり、愛する人からの裏切りを受けて当時は自暴自棄の状態だったのかもしれない。今の私はそんな風にかんがえられるようになっていた。

「あんたのことは、好きじゃなかった」

母が言った。

「だけど今は、あのころにくらべたら丸くなって、話しやすいかな」

「ありがとう。私もそうおもう」

夕食の際、母があそびに来るかもしれない、と告げると、夫が意外そうな顔をしていた。私と母の関係性を夫もしっている。娘に会いたいらしいと説明すると、孫だもんなあ、と夫がつぶやく。しかし数日後、私は事故にあった。


明るいうちから缶ビールを開けていたのだが、昼過ぎに幼稚園から電話連絡があった。娘が高熱を出したのでむかえにきてほしいという打診である。しかたなくタクシーを呼んで幼稚園にむかった。娘を連れて門のところに出てきた先生は、アルコールの臭いをただよわせながら軽い酩酊《めいてい》状態にある私を見て、一瞬、きびしい目をしていた。化粧でかくしたつもりだが、ほんのりと顔も赤かったのだろう。娘を引き取って、タクシーの後部座席に乗りこみ、そのまま病院へむかうことにした。娘は私のとなりで、熱っぽい表情をしていたが、私に寄りかかろうとはしない。おそるおそる声をかけて額に手をあてると、確かに熱がある。生田目頼子そっくりの顔が私を見た。

「ママ……」

「なに？」

「きてくれてありがとう」

病院に着いて料金を払い、娘といっしょにタクシーを降りた。すこし離れたところにある駐車場の方で急発進するような音がする。ふり返ると、高齢者ドライバーを示すマークのついた軽自動車が、異様な速度でバックをしながら近づいてくる。タイヤが縁石に乗り上げて弾んだ。後に聞いた話によれば、ブレーキとアクセルを踏み間違えたことによる暴走だったという。軽自動車の後部バンパーが娘にぶつかろうとしていた。気付くと私はかぶさるように前に出て、娘を突き飛ばしていた。

病院で目が覚めたとき、自分がどこにいるのか、何が起きたのかを把握するのに時間がかかった。数ヶ所を骨折していたのでベッドから起き上がることもできず、痛みでうめくことしかできなかった。事故の瞬間の記憶が蘇り、看護師を呼んで、娘は無事だったのかと聞いた。彼女にはかすり傷ひとつなかったと説明をうけて安堵する。安堵している自分の心の挙動に気付いて、私は、顔をおおって泣いた。

事故発生時、私は酩酊状態にあった。咄嗟のことで頭も回らなかった。それでも身を挺《てい》して娘をかばうことができたのだ。娘が怪我をしなかったという事実に、胸をなでおろすことができたのだ。そのことが私は、ほこらしい。だから、泣いたのだ。

彼女に対して愛情を抱くことができない、と自分はおもいこんでいた。だけど、いっしょに暮らすうちに、私は母親として、娘に対する愛を育むことができていたのかもしれない。

娘は夫に手をひかれて病室に入ってきた。

「ママ、だいじょうぶ……？」

生田目頼子の顔に似た娘は、心配そうに私の寝かされているベッドへと近づいてくる。

「平気。あなたに怪我がなくてよかった。ほんとうに」

本心からそのことが言える。娘の前髪を指ですくって、顔の輪郭にそって触れた。

数日間、私は眠っていた。だからもうすっかり娘の熱はさがっている。娘は顔に触れられてくすぐったそうにしていた。

「生田目さん」

呼びかけると、娘は首をかしげる。

「これから一生かけて、あなたに愛情を注ぐから。それができなかった三人はかわいそうだけど、私が、彼女たちの分もあなたを愛するから」

娘はおどろいたような顔になり、それから目をほそめて、うなずいた。


（角川文庫『私の頭が正常であったなら』に収録）

死神と旅する女

恒川光太郎

1

五月。

どうどうと、生温かい風が吹く日だった。

十二歳の少女フジは両傍《はた》に躑躅《つつじ》の咲く道を歩いていた。

尋常小学校からの帰り道だったが、級友について自宅とは違う方向に歩いているうちに、いざ級友と別れてひとりで帰る段になって迷ってしまった。

雨をたたえた重そうな黒雲が、森の上を通過していった。

はやく帰らねば、とフジは思った。

しかし、歩く方向があっているかもわからない。

開けた丘の上にでた。

広がる田園地帯が見渡せた。

そこにはフジの他に二人の男がいた。

岩に腰かけてにやにや楽しそうに笑っている中年の男と、歳の頃、十四、五に見える若い男である。

父子《おやこ》に見えないこともなかった。

若いほうは袴《はかま》をはいていた。髪は刈り込んでいて、頬には吹き出物の痕《あと》がある。おや、と目を引くのは、腰に提げた刀だ。

中年のほうは、天狗《てんぐ》の面を頭に載せ、山伏の白装束をしていた。錫杖《しゃくじょう》をもっている。

――この人たちに村さ帰る道をきいてみるべか。

そう思い、声をかけようとしたところ、中年の男のほうがフジに顔を向け、先に口を開いた。

「なんとも運が悪いところに現れたなあ、娘さん。実はこのぼんが、人を斬って度胸をつけたいそうで、悪いがあんた斬られてやってくれんかな」

ぼんと呼ばれた若者が、ではやります、と腰の刀の柄《つか》に手をやった。

見ている間に、すらりと抜く。

銀の刀身がぎらっと光る。

「う、あ、え？」

フジはうろたえた。

大正である。武士が歩いている時代ではない。ただ御一新の前に辻斬《つじぎ》りはよくあったと祖父母から聞いたことはあった。

「獲物を苦しめるんじゃないぞ。一撃で葬れ」

中年の男は岩に腰かけたまま若者に言葉を投げた。

フジの膝《ひざ》小僧が震え始めた。

冗談だろう。あの刀はお芝居の小道具かなにかで、ふざけているのだ。

だが場の雰囲気はそれなりに緊迫している。

まさか——本気で？

「ちょっとまっ」

ちょっと待ってくだせえ。

フジが後退したその瞬間、

「えやっ」と叫んで若者は刀を振った。

顔のすぐ前を刀は空振りした。

下がらなければ斬られていた。

若者の目は充血し、鼻息は興奮した牛のように荒かった。額に汗の粒が大量に浮かんでいた。

「もっと落ちつけ」中年の男がいう。

若者が再び刀をかまえた。

覚悟が定まっていないのか、切っ先がぐらぐらと揺れまくっている。

フジはぴょんと後ろに跳んだ。

背後に杉の樹があった。若者は追ってきて横薙《よこな》ぎに振る。

これも当たらずに、樹の幹にざくりと刃が刺さった。若者は樹から刃を抜こうとするが、挟まってしまい、てこずっている。

「ちょっと待てい」

中年の男が咎《とが》めるようにいった。若者は顔を真っ赤にして数歩下がると、指示を待つように中年の男に首を巡らした。

「ダメだ、ダメだ。腰がはいっとらんし、気迫もないし、のろのろうだ。おい、ちょっと趣向を変えよう。娘。お主《ぬし》に生き残る機会をやる」

中年の男は大岩から飛び降りると、ひょいひょいと天狗の如き身軽さでフジの前に立ち、鞘《さや》から抜いた小刀を渡した。

「これでこのぼんを殺せ。殺せたら、命拾いじゃ」

若者がはっとして、中年の男を見た。

「なんじゃその顔。不服、不満か？　無抵抗の女しか斬りたくはないわけか？」

「知らない女だ！」

若者は頬を紅潮させていった。

「知らない女だから気も咎めないで斬れるんだろうが！　言い訳する奴は、わしの弟子にはなれん。さあ、戦って覚悟を見せい。命がけの試合じゃ。はじめ」

中年の男は、岩のところに戻ると腰かけた。

「なしてなの」

フジは若者に向かって懇願するようにきいた。

どうしてこんなことをせねばならないのか。

状況が全く呑《の》みこめなかった。

若者の目が泳いだ。

「うるさい。死神にとりつかれたのだ。お、おまえ、斬られてくれよお、大人しく死んでくれよお。でないと俺があいつに殺されてしまう」

死神とは、背後で様子を見ている中年の男のことか。

若者は刀を小さく突き出したりひっこめたりを繰り返しながら近寄ってくる。

フジは、あまりものを考えずに行動する。

六歳のときに兄に「仏間の仏像は夜、動いて鼠をしとめて食べておるのじゃ。夜に起きて目があうと首を絞められるぞ」と囁《ささや》かれ、恐怖のあまり家を抜けだし、村はずれまで歩いて、朝まで蹲《うずくま》っていたことがある。

九歳のときには学友に、露店の玩具《がんぐ》を盗むように指示され、躊躇《ちゅうちょ》なくやって盗品をみなにくばりまくった。発覚し、顔が腫《は》れるまで殴られた。そのときは母と姉が地面に膝をついて香具師《やし》に謝罪をしていた。

十一歳になると、路地裏で男たちに見せてくれと頼まれたら、着物の裾《すそ》をたくしあげて局部を見せた。

阿呆《あほ》娘、そう陰口を叩《たた》かれることも多い。

流されやすい――のだ。騙《だま》されやすく、雰囲気に従いやすく――考えない。

かわりに、その瞬間、その瞬間での決断は速い。

若者が一歩を踏み出したその瞬間、フジはさっと飛びこんで、若者の身体に小刀をめり込ませた。

咄嗟《とっさ》の動きであって、考えてそうしたわけではなかった。

「い、あ、いあっ！」若者は苦悶《くもん》の叫びをあげた。

胸から小刀の柄がでている。

中年の男が岩の上に満面の笑みで立った。「勝負あり！　ふうむ、でかした。娘よ。気にいった！」

若者は苦悶に呻《うめ》き、涙を流しながら膝をついた。ぼたぼたと血が地面に流れる。

私はなんということ――。

「ひっあ、あだし、あ、あ」フジは若者と、天狗の面を頭にかけた中年の男を交互に見ながらいった。

とんでもないことをしてしまった。

「すみません、ごめんなさい、ごめんなさい」

これまで自身が咄嗟に選択したことで良い結果がでたことなどなかった。

「手当て」

「深傷《ふかで》すぎてもう無駄じゃ」中年の男が大きな声でいった。

フジは涙目で、へなへなと膝をつき地面に額をこすりつけた。

「許してくだせ」

「それはできん。おまえはこいつを殺した」

男は地面に血を流して倒れている若者を指差した。若者は相変わらず呻き声をあげ続け、まだ息があるようだったが、手当てをする気はないようだった。

男は若者が使っていた刀を拾いあげ、フジの前に置いた。

「次の相手はわしじゃ。使うがよい。見事わしを斬ってみよ。そうすれば許して帰してやる。斬れなければお主はわしがもらう」

「あ、あんたを斬れば村さ帰れるだか」

「帰れるとも。辻斬りに襲われ、返り討ちにした、それで誰もが納得する」

フジはさっと刀を拾い上げると、わっと間合いを詰め、男に向かって振った。

男は全く動じずに、紙一重で攻撃をかわした。

「思い切りが、いい。剣を振るのは生まれて初めてか」

「初めてだ、ども」

「よいよい。こんなときに律儀に答えんでいい、どんどんこい」

しばらくフジは、無我夢中で男に向かって刀を振りまわし続けた。

この中年の男は、さきほどの若者とは全く違っていた。

なにしろ攻撃の一切が「届かない」のである。月や、蜃気楼《しんきろう》を相手にしているようなものだった。

どれほどの時がたっただろう。

やがてフジは刀を落とした。もう無理だった。手の筋が疲労の極みに達し、刀を持ち上げることすらできなかった。

足がもつれ、仰向《あおむ》けに倒れた。背中で草と土を感じた。

逆光で黒い影となった男が、喉元《のどもと》に杖《つえ》の先端をつきつけた。

「筋がよい。これは拾ってやらねばな。さあ、これでお主はわしのものだ。私はあなたのものです、といえ」

荒い息をつきながらいった。

「私は、あなたのものです」

口にした瞬間に、心のどこかに鍵《かぎ》がかかったような気がした。

そこから先、思考は放棄した。

「わしのことは時影《ときかげ》様と呼べ。お主の名は？」

男はいった。

「フジです」

「ふむ。フジ。ではいくぞ」

ちらりと見ると若者はもう動かなくなっていた。

二人は風吹きすさぶ丘を後にした。

2

甲高い汽笛が響く。

黒く大きな車輪がまわりはじめる。

フジは汽車の座席《シート》に腰かけていた。

窓の外では、田園風景が流れている。

汽車に乗るのは初めてだったし、どこに向かうのかも知らなかった。そもそも、どの駅で乗ったのかも不明瞭《めいりょう》なら、どこを走っているのか、今停車したのがどこなのかもわからなかった。

フジはいつのまにか洋装をしていた。

黒い革の靴に、白い刺繍《レース》の襟服《ブラウス》、そして洋袴《スカート》。

普段はつぎはぎのもんぺや、木綿の着物のフジにとって、あまりにも奇抜な気取った格好で、恥ずかしかった。

向かいあった前の席には背広《スーツ》に帽子の男、時影がいた。

彼もまた山伏姿から洋装に変わっていた。

「あの人のことは、いいんだすか」

自分が斬った若者のことだ。

「いいんだ」時影はいった。「同情などせんでいい。あのぼんは、父親と喧嘩《けんか》になって親を斬り捨て、止めにはいった祖母も斬り、山に逃げ、夜盗にでもなろうとしていたところをわしが拾ったんだが、思いのほか度胸もなく使いものにならん。お主のほうがずっとよいわ」

「だども」

「最初にいっておこう。掟《おきて》と心得よ。わしを疑うな。長生きしたければな。わしを信じろ。この世の全ては煙のようなものだ。おまえは夢の中にいる。何も知らぬままでいいし、何も知らぬほうがいい。ただいわれたことだけやればいい」

「あんたは、誰だす」

「おまえの主人だ。これから最初の仕事をしてもらう」

時影はフジに細長い包みを与えた。

フジは包みを開いた。

装飾の施された鞘に納まった刀だった。

「これ妖刀《ようとう》、百舌真《もずま》なり。人の血を吸い続けてもう二百年たつ。群を抜いた切れ味だ」

「刀……？」フジは時影を見た。

「おまえの仕事道具だ。なあに、さくっと抜いて、さくっと当てればそれで終わりだ。〈場所〉も〈段取り〉も全てこちらが決めておく」

時影が命じた男を殺す。

それが仕事。

広々とした洋室だった。

窓のそばに観葉植物が飾られていた。

部屋の奥には大寝台《ダブルベッド》。真新しい敷布《シーツ》が敷かれている。

フジは寝台《ベッド》に腰かけていた。

時影に案内され、ここに座って待つようにといわれたのだ。

がちゃりと取っ手《ノブ》がまわり扉《ドア》が開かれる。

白い燕尾服《タキシード》の若い男が入ってきた。円い眼鏡をしている。

寝台に座っているフジを一瞥《いちべつ》もせずに、上着を壁にかけた。

それから三鞭酒《シャンパン》を持ってきて、杯《グラス》で少し飲むと、ようやくフジの隣に座った。

酒と煙草と香水の匂いがした。

「君は何歳だい」

フジは答えずに微笑んだ。

何をきかれても、できる限り喋《しゃべ》らず微笑んでいろ、とあの怪人——時影にいわれていた。

この気取った男が何者か知らないし、この部屋が何なのかも知らない。

「私のような地位の人間は、人目があるのでね。特にいまどき、高貴な血筋というやつは、不便なもので、下賤《げせん》な娼婦《しょうふ》は簡単には買えない。名前に傷がつく。こうしてわざわざお忍び用の別邸にきて、ようやく、遊べる。まったく困ったものだ」

知らないよ、フジは思った。

「まだ昔、祖父の代には、女郎の類《たぐい》だけを集めた別邸を秘密にもっていたそうだ。もうそういう時代ではないが」

フジは微笑んだ。

「君は〈何も理解できず、おぼえてもいられない〉んだって？　便利だな。本当かな。そんな娼婦、本当ならひっぱりだこだと思うが」

「それなのに、処女だという」

男はフジの胸に手を伸ばした。それから、すっと離れた。

「子供だろう？　そんな形《なり》をしていたってまるで子供じゃないか。怪しいな。何もかもが」

男は立ち上がると、杯を持ったまま背を向けた。

フジは敷布の下から百舌真をとりだした。

寝台に跳びあがり、さっと男のうなじに一閃《いっせん》させた。

血が噴き出る。

男は声もなく倒れた。杯が割れる。

百舌真を鞘に納めると、扉を開き、真っ白な階段をおりていく。

月光の降り注ぐ中庭に、車が停まっていた。

緑色の車体に、幌《ほろ》屋根。二人乗りだった。

運転席から時影が顔をだす。

「首尾よくやったようだな。おまえが殺したのは、人間に化けた獣だと思っておればよい」

時影は助手席の扉を開いた。

「さあ、乗れ」

乗るなり車は発進した。

「これでいいですか、帰してください」

時影のいわれた通りに殺した。

「おまえの村にか？　まだ駄目だ」

フジの目に涙が滲《にじ》んだ。

「な、なして。いわれた通りに」

やったのに。

「七十七人だ。七十七人殺《や》れば天地神明に誓ってもとのところに帰してやろう」

「はあ？」フジは大きな声をあげた。

「残りは七十六人だ」

「無理です、嫌です、もう帰りたい！」

「お主は、わしのものだといったではないか」

心臓に孫悟空《そんごくう》を縛った輪のようなものがかかっていて、それがきゅっと縮まったような気がした。

――私はあなたのもの。

白い百合《ゆり》の咲き乱れる丘の道を車は走った。

ズロロロという特徴的な排気音に、制動装置《ブレーキ》を踏むたびにギュイム、と音がした。

時影との旅は、夢から夢へと跳んでいるかのような曖昧《あいまい》なものだった。

あるところにいる。しかし、そのまえにどこにいたのかがよくわからない。

食事と寝床は与えられるがいつも違う場所だ。

記憶は見事なほど断片しか残っていない。

断片と断片の間にどのぐらいの時間が流れたのかもわからない。

過去がぼろぼろと崩れ去り、ただ「今」だけがあるように感じた。

断片。

座敷だった。

遊女が外の通りを並んで歩いていた。

フジは、髪を高島田に結い、桃色の内かけを着て座敷に入った。

もちろんフジはそこがどこか知らなかった。

東京なのかもしれないし、そうでないのかもしれない。

座敷には角刈りの男が寝そべっていた。

男は目を細めてフジを見た。

「オイイ、俺は、ヨシエを呼んだはずだぞぉ。どうしたあ、この見習《かむろ》いが代わりかい。みねえ顔だな、新入りかい」

そこで不思議そうにいった。

「あんた、なんで腰に刀を提げてんだ。ははあ、それで芸をするんだな」

芸で使用する模造刀を腰に提げてきた、と思ったのだろう。

「まあ、いい。まず芸はいいから、肩を揉《も》んでくれ」

男は着物を脱ぐと、仁王と鯨の戦う彫りものがはいった背中をフジに向けた。

これはやりやすい、とフジは思いながら、さっと百舌真の鞘を払い、横に一閃させた。

男の首筋がぱっくりと開き血が噴いた。

また断片。

夜の漁村だった。相手は暗い目をした痩《や》せた男だった。印半纏《しるしばんてん》をつけ、提灯《ちょうちん》を片手に夜道を歩いていた。

フジは楠《くすのき》の大木の陰で、すらりと百舌真を抜くと、男の背後から斬り下ろした。

「こっちだ、フジ、こっちこっち」

仕事が終わり、待ち合わせた場所にいけば、そこに時影が待っている。

吹き荒れる潮風、しなる樹の枝、緑の車、開く助手席の扉。

時影の車に身を滑りこませれば、もう捕まることはなかった。

フジは新聞の字は難しすぎて読めなかった。

自分のしたことが、世の中をどう騒がせているのか全くわからなかった。

ただ、時影は、警察官の前を通るときも、車を運転しているときも、まったく緊張しておらず、その様子がフジを安心させた。

疑念を抱かず盲信せよ——時影の教えは、彼に出会う前から受け身の人生だったフジには難しいことではなかった。

避暑地にある小高い丘の食事処《レストラン》で、黒い燕尾服を纏《まと》った時影と食事をした。フジも衣装《ドレス》を纏っていた。

美しく盛られた赤い肉に、色とりどりの野菜。海老《えび》、貝、魚。

どの料理も、初めて食べる味つけだった。

「もう十人だな」時影はいった。

十人斬った。

人を殺す心理的抵抗はあるが、意外にたやすい。剣豪と斬り合いをしているわけではない。十人とも直前まで、まさか目の前の娘が刺客だとは思っていない。段取りも全部時影がつけてある。斬ればすぐにその場から逃走する。

「残りは六十七人」

七十七人など不可能な数字だと思っていたが、今ではいつかは終わらせることが可能な数字に思える。

「どんどん斬ればいいだすか」

「その通りだ、どんどん斬ればいい」

時影は帆立の貝柱を口に運んでいった。

「獣や魚を捌《さば》く料理人のようにな。まだ帰りたいか？」

「帰りたい」

フジは即答した。

何をわかりきったことを、と思う。

服や、食事や、宿泊する場所は高級なものが提供されたが、そんなことはどうでもよかった。どうせ全ては仮のものであって、自分が豊かになったわけでもない。なにより人など斬りたくない。安全な場所で安心して暮らすのが一番だ。

「まあ、どうせ終われば全ては夢の中の話よ」

「あたしは、どんな人間を斬っているんだすか」

「説明したってわかるまい。おまえはそこがいいのだ。何もわからぬ人形のようなところが。疑念を抱くようなものは長生きできん。最初におまえが斬った臆病《おくびょう》者の顔を思い出してみろ。あいつとおまえ、何が生死を分けた？　あいつは考えた。おまえは考えなかった。だから生き残った」

「終われば本当に帰してくれますか」

フジは時影の顔をじっと見ながらいった。

「終われば本当に帰してやる」

だから、黙って、斬れ。

斬った。

森の中のお屋敷の一室で待ち、軍服で洋刀《サーベル》をぶら下げた男が入ってくるなり首をかっきった。

夏祭りの会場だろう、ずらりと提灯がぶら下がり、御神楽《おかぐら》の笛や太鼓の音が遠くに響く河原で、麻の背広で撫《な》で肩の中年男を斬った。

標的にはいくつかの共通する特徴があった。

ほとんどが成人以降の男だった。必ずしもそうではないにせよ、社会的地位の高い人間が多いように感じた。

一度だけ、応戦された。

どこかの屋敷で着物を着た男にである。フジの初太刀をかわし、花瓶を投げつけてきた。

「誰に命じられた!」男は叫んだ。「いえ! この国を転覆させんとする国賊の手先であろう」

花瓶は割れ、活《い》けていた百合が床にばらまかれる。

知るものか。そんなことは。

男は床の間に飾られた日本刀を手にした。

だがフジは男に鞘を抜く暇を与えなかった。

次の瞬間には、百舌真は、男の腕を手首から両断し、喉元をかっきった。

血の滲む特訓をしてきたわけではない。

才能、である。

フジには確かに人斬りにおいて、常人ならざる才があった。

窓から飛び出し、樹をつたって塀を越え、道にでる。

緑色の車が走ってきて、ギュイム、と停まる。

「見事、見事」時影は嬉《うれ》しそうに笑った。「素晴らしい絵ができてきた」


過去と現在と未来が分断されている。

日付も季節もわからなかった。

たとえば、満開の桜吹雪の下にいる若者を殺したのに、迎えにきた時影の車に乗り込み、次の場所に到着すると、色づいた銀杏《いちょう》並木が黄色く輝く湖畔だったりする。

時影と移動していると、季節が一日で変わってしまうのだ。

夏が冬に、春が秋に。

異常な旅だったが、車窓を流れる景色を見ていると、いつしか「遥《はる》か昔から自分はこうしていて、この先も死ぬまでこの日々が続くのだ。あの村里の記憶のほうが幻なのだ」という気がしてきた。

自分が育った村里など、もうどこにもないのではないのか。

時影とはぐれることは決してなかった。

一人でいる時間はあったが、どこを歩いていても、ずっと隣にいたとでもいうように、どこからともなく姿を現し「さあ、そこの店に入るぞ」などといいだすのだ。

その名の通り、影のような男だった。

逃げるという選択肢はなかった。十二歳の少女は、見知らぬ土地で、どのように逃げればよいのかがわからなかった。警察の類《たぐい》に駆け込んでも、既に殺しすぎている自分が無罪になるはずがないと思った。行きつく先は死刑だ。そしてまた、超自然的存在の時影からは逃げられない、とも感じていた。


「三十人目だな」

時影はいった。酒器に清酒を注《つ》ぐと、一気に飲み干した。

宿の二階座敷で、食事が終わったところだった。

「おまえは凄《すご》いな。モチがいい。たいがいは途中で、しくじるか、逃げ出すか、疑問を抱き壊れるか、するのだが」

「意味があっての殺しなのですか」

殺す理由をきいて、きちんと時影が答えたことはなかった。

だが時影はいつになく酔っていたのか、このときに限っていった。

「何度も同じ質問をするんだな。そうだな、一度ぐらい答えてやろう。意味はあるといえばあり、ないといえばない。人の生がそうであるのと同じようにな。わしはな、運命に仕えるものだ。運命という言葉がふさわしいかどうかわからぬが、わしが仕えているものを説明するのに他に適当な言葉がわからぬ」

と語りだした。

ちょうど画家が絵を描くようにな。運命に注文された〈世界〉という絵を作っておる。

どのように作るのか。

人を殺して作るのだ。

考えたことはあるか？

もしもある人間が、この世に存在しなかったとしたらどうなるのか？

たとえば、本来六十まで生きる男が、七つで死んでしまったとしたら？

すると、そいつの七つ以降の人生は、煙のように消滅し、夢幻となる。そいつだけの話ではない。そいつの子々孫々は消滅し、かわりに新しい系図が生じる。仮にだが、消滅する人間が徳川家康《とくがわいえやす》のような、政権に影響を及ぼす人間であったなら、歴史が大きく変わる。

だが、ここで面倒《めんどう》な問題がある。

わしには殺せぬのだ。

わしはあくまで影のような存在であり、直接に関与できない。

画家は自分一人では絵を描けないのだ。そこで人間の〈絵筆〉が必要になってくるのだ。

おまえはわしの芸術のための〈絵筆〉なのだ。


「描いているのはどのような絵なのですか」

フジは話の半分も理解していなかったがきいた。

「人智でその絵を解することはできぬ。芋虫に文学がわからぬのと同じだ。信じるか信じぬかは、お主の勝手だが、歴史というものは我々が天啓を受けて作ってきたし、今も作り続けている。そして我々が作ったものの真の姿は人間には視えず、触れられず、理解もできない」

そこまでいうと、時影は口を噤《つぐ》み、話しすぎたことを後悔するように舌打ちした。

「じきに終わりだな。よく頑張ったものだ。たまには寄り道しよう」

七十人を超えて少しした頃、時影はいった。

時影はある通りにフジを案内した。

道にそのまま玄関が面した家が立ち並び、どの家のまわりにも、鉢植えが並んでいた。生活感のあるごちゃごちゃした通りである。

包みをもった和装の若い女が一軒の家からでてきた。

「あの女だ。ちょっと斬ってこい」

時影は命じた。

「本気ですか？」

「うむ」

若い女が標的だったことはこれまでに一度もなかった。

フジは百舌真を抜くと、女の背に向けて走った。

振り上げた瞬間に、今まで全く思わなかったことを思った。

――まだ若い女の人だ。どれだけ痛くて悔しいことだろう。

フジは刀を振りおろせずに止まった。

斬り殺さなくては。

標的の命に差などあるものか。若いから。女だから。そんなものは見せかけの美意識だ。死神は等しく死を与えるものではないのか。

くるりと女が振りかえった。細い切れ長の目に、長い睫毛《まつげ》の持ち主だった。

「何ですあなた。私に御用かしら？」

フジは十二歳の少女である。目の前の女よりひとまわり身体は小さい。

「え、いや、その」

女はフジの手にしている刀に目をやった。そして通りを見回し、人通りがないことに気がついたのか、顔色が曇った。

フジはごくりと唾《つば》を呑んだ。

「その、ほんの少しだけ、いいですか？」こんな風に標的にきくのは初めてだった。

「はあ」女は訝《いぶか》しげにいった。

「あの、ですね。あなたはその」何をきこう？　名前？　そんなものきいても意味はない。つまり自分が殺してもいい相手なのかが知りたいのだ。

「えっと、結婚、なさっている？」

「はい。家に四歳の男の子が一人、一歳の女の子が一人います。今、恩師から菓子を包んでもらったので、家に帰るところです。あなたは？」

かしこまった口調でいってから、女はきっと視線を強め、腰をかがめた。

「お嬢さん、あなたの手にしているものは、そりゃ何かね。お父さんのを持ってきたのかい？」

フジは百舌真を鞘にしまった。

「失礼しました」

そしてたんたん、と後ろ向きに跳ねて、距離を置くと、待ちなさい、という声を背に受けながら走った。

時影の車に飛び込む。

「斬れません」これまで時影に逆らったことはなかった。だからこれは必死の反抗ともいえる。

「なんでだ？」

「だってあの人は」

時影の〈寄り道〉という言葉もひっかかっていた。どうも正規の仕事ではなく、時影の個人的《プライベート》な理由という気がする。

「七十七人に含まれるんですか」

七十七人斬れば帰れると約束した。

だから予定の七十七人は斬るとしても、それ以外の人間までは斬らない。それは意地でもあり矜持《きょうじ》でもある。それを譲れば際限なく人を斬ることになりかねない。

時影は一瞬茫然《ぼうぜん》とした顔をした。

そして舌打ちし、少し考えてからいった。

「含まれん。あの女を殺すのは、いってみれば、わしからの贈物《プレゼント》のつもりだったのだが、まあ、いい。気が引けるなら、いいだろう。別に。ただ、残りの仕事はちゃんとやれよ」

これまでになかったことだが、車が走りだし、しばらくすると手が震え始めた。

これはなんだろう？

フジは訝しげに、震えの止まらぬ手を眺めた。

私は殺してもいい相手なのか知りたくて、話しかけた。だが——理由もなく殺してもいい相手なんか、そもそもこの世にいるはずがないではないか。


そこから最後までの数人は地獄だった。

死神の絵筆はついにガタがきたのだ。

いざ殺す瞬間まで全身に抑えようのない震えがきて、殺す時にはおさまるものの、殺した後はまた震え始める。殺した後はひどく塞《ふさ》ぎこんだ。

そして満身創痍《そうい》で最後の一人——七十七人目の男を斬った時、

「約束を見事果たしたな。わしは鬼ではない。これでお主は自由だ、家に帰れ」

と、時影はいった。

3

放心したフジが畦道《あぜみち》を歩いているのを村人が発見したのは、フジがいなくなってから三日後のことだった。

すぐさま村中にフジの帰還の噂がとびかった。

フジの母は、フジを連れて町に向かうと、そこで大きな病院の医者にみせた。

「それでどこにいっていたんだい」医者がきくと、フジは答えた。

「いろんなところです」

「いろんなとは？」医者はきいた。「地名はおぼえていないかい」

「わかりません」フジはいった。「海や、山の近くや、ごちゃごちゃ家の建つところや、雪の降っているところ」

「フジちゃんがいなくなったのは、今月だろう？　雪かい？」

五月である。山の上のほうや、ずっと北のほうならまだ雪が残っているところもあるだろう。

「別のところでは楓《かえで》が真っ赤に色づいていて」

医者は微笑んだ。それはおかしい。

「ううん、他には？　思い出してごらん」

見晴らしのいいところで、洋装になって、食べたことのない贅沢《ぜいたく》なものを食べたことなども話した。

人を斬りました、とはいわなかった。そんなことをいったら、一生を牢屋《ろうや》で暮らすことになると思った。

「山の中で夢でも見たんでしょう」

初夏の陽気に誘われて野に迷い、そして戻ってきた。

いくらかの幻を見た。そのような解釈の他に何ができるというのか。

夢だというならそのほうがいい。フジは思った。人殺しも夢なら咎《とが》も受けない。

その後、平穏な日々が続いたわけではなかった。

変化は夜からはじまった。

夜に眠るとき、頭の中が羽虫の羽音でいっぱいになった。

あるいは、悪夢にうなされ、はっと半身を起こすと、壁にも襖《ふすま》にも、部屋中に目がついて自分を見ていたことがあった。その目は、しばらくすると消えた。

村のあちこちに潜んでいる妖怪たちが、夜になると〈死神と旅した女〉の顔を見に来ているような気がした。

幻覚と幻聴が続いたが、それも夏の間だけで、夏が遠ざかるのにあわせるように、潮が引くように終息していった。

フジは夏の終わり頃、庄屋《しょうや》の娘のところにいった。

美琴《みこと》という名の小学校の学友だった。

美琴はたくさんの本を持っていて、フジの知る限り、村で一番ものを知っていた。

フジがやってくると、玄関先で美琴はいった。

「あなたとはあまり仲が良かったわけではないけど、何をしにいらっしゃったの」

「遊びにきたの」フジはいった。

「何をして遊ぶのかしら？」美琴は首を傾げた。

「お部屋で本を読んで」

フジは当然だというようにいった。

「あらそう。ではお入りなさい」美琴はフジを自室に案内した。

美琴は揺り椅子に座った。

フジは、美琴の部屋の天井まで届く本棚を眺めまわし、本の背表紙を指でちょんちょんとつつくと、読んでいいか？　と美琴にきいた。美琴は、どうぞ、といった。

一冊抜き取る。

開いたのは、紡績工場について書かれた本だった。

本を読むフジを、美琴はしばらくじっと眺めていた。

「ねえ、今年の五月頃のことだけれど」美琴はいった。「あなたはお山に入って、行方不明になっていたわね」

美琴は眼鏡をかけると、フジに近寄ってきた。

「何があったの？」

「おぼえていない」

「男の人に、変なことされた？」

フジの脳裏に一瞬、時影の顔が浮かんだ。人を斬らされたのだ。これは、変なことをされたといっていい。フジは頷《うなず》いた。

「痛かった？」囁くように美琴はきいた。

フジは首を横に振った。

痛いとは？

美琴の眼鏡の奥の目が光った。

「じゃあ、その……あの……凄かった？」

「殺されなくて良かったと思う」フジはいった。

「そうよね。ごめんなさい。変なこときいて。絶対に誰にもいわない。でもね、私、知りたいの。知りたくて知りたくてたまらない。三日間一人ではなかったんでしょ？

妊娠しなくて本当によかったけれども、どんな男だったのか。みんな噂してるもの」

「変な夢みたいな話だし」

美琴は窓と襖を閉め、これで外には聞かれまいとばかりに声を潜めるといった。

「その変な夢みたいな話をして」

フジは頷いた。最初に自分の話すことは何もかも夢なのだから大げさに捉《とら》えないで欲しいと前置きした。

夢だと前置きしたなら、人を斬った話もできた。もともと、フジは話すつもりだったのだ。村一番の博識少女の意見がききたかった。

その冬、フジは美琴のところに通い続けた。

火鉢に当たりながら、美琴にきかれるままに、フジは何度も何度も話した。

「死神と旅をしたのね。それで、七十七人を殺したのね」

美琴はうっとりといった。

「本当に七十七人も殺したのかどうかわからない」

現実には、近隣の山で若者の刺殺体が見つかったという話もなかった。日本中で辻斬りが多発しているという報道もない。そもそも、フジがいなくなったのはたった三日間なのに、フジの旅の物語から推察される七十七人を斬るのにかかった日数は明らかに数十日以上である。日数が全くあわない。

「夢でも嘘でも凄《すさ》まじいロマンだわ。私には起こり得ないけど、あなたにはそんな不思議なことが起こり得るような気がしてくる。あなたは何かこう理性の緩い部分があるもの。でも、最後はどうなったの」

「気がついたら、一人で村に戻る道を歩いていたの」

「あなた、旅にでて良かったのよ」美琴はいった。「ずいぶん変わったし、面白い人になったわ。昔のあなたは、先生に何をきかれても、にこにこしてだんまりをきめているだけだったし、いわれるままにものを盗んだり、にやにやしながら男の子に股間《こかん》を見せたりするような、本当に羨《うらや》ましいくらい空っぽの人だったから」

「今は？」

「考える人、の顔をしている」

確かにそうかもしれない。今は好奇心が湧きあがって、ものをどんどん考えるようになってきている。

美琴は興味深げにいった。

「これからさらに変わっていくのでしょう。人間って変わり続けるものだから」

美琴の予言通り、フジは高等小学校に上がるや否や、長い眠りから目が覚めたかのように、理性のある女になった。海綿《スポンジ》のように知識を吸収し続け、成績をあげた。

そして刃物恐怖症になった。

どこかで模造刀の類を見るだけで、反射的に全身に嫌な汗が浮かび、息が苦しくなった。料理の際に握る包丁も怖かった。

やがて大正が終わり昭和がはじまった。


フジは十七歳になると単身東京にでた。

路面電車の脇を、人力車が通りぬけていく。

どうせ家は長男が継ぐし、あの村にいる限り特別にいい縁談が転がり込んでくる見込みもなかった。

美琴も村をでて東京の女学校に通っていた。

東京はまだ大震災からの復興途中で、潰《つぶ》れた家屋や、瓦礫《がれき》の山があちこちにあった。さきの世界大戦での好景気も終わり、時代は大恐慌へと向かっていた。

いつしかフジと美琴は親友になっていた。

お互いの家に遊びにいってお茶を飲んだり、連れだって行楽にでかけたりした。

そんな折、新聞に記事がでた。

それはある財閥の御曹司が、軽井沢《かるいざわ》の別邸にて何者かに襲われ、死亡した事件について報じたものだった。

目撃者がおらず、また現金などが盗まれた形跡もなく、犯人は全くの謎で、傷口からして、背後から首を長い刃物で斬りつけたのではないかということだった。

フジはその記事を読んだとき、脳裏に白い燕尾服の男が自分の胸をまさぐる映像が浮かんで消えた。

まさか自分の体験は事実だったのか。

わからない。

事実とは、この事件の犯行日時に、自分は食料雑貨店の会計場に立って仕事をしていたということであり、それに勝る事実などあるはずもない。

仮にこの事件の犯人が自分であったとするならば。フジは考えた。

時影の車は時空を超え、旅していた、と考えるべきなのだろう。確かに、季節はめまぐるしく変わっていた。

その後、犯人不明の斬殺事件はぽつぽつと新聞にでたが、フジはできるだけ目を逸《そ》らし、見ないようにした。

結局は〈夢〉だった、という解釈をとり続けるしかないのだ。そうでなければ日常生活を送っていけなくなる。

4

ある休日、桜咲く川沿いの土手に、フジは腰かけていた。

周辺は花見客で賑《にぎ》わっていた。

と、そのとき上流で子供が土手から川に落ち、流され始めた。

一緒に遊んでいた子供たちが悲鳴をあげたが、親はまだ宴《うたげ》に夢中で気がついていない。

フジは慌てて飛び込んだ。故郷の川で夏の間は泳ぎ続けていた。水泳には自信があった。

川に入るとさすがに四月の水で、刺すように冷たかった。

桜の花びらが川面《かわも》にびっしりと浮いていた。

さほど深くはなかった。ざぶざぶと進むと、見れば隣に、一人の青年が同じように救出にきていた。背の高い、体格のいい男だった。

「二人で引き揚げましょう」

体格のいい男はいった。

やがて男の子が流されてきた。フジが受け止めたが、あっと重心《バランス》を崩したところを男が支えた。

「さあ、こっちこっち。それにしてもぼくよりはやく冷たい水に入るとは、大胆な娘さんだ」

男は笑っていった。

冷たい水に浸《つ》かっているのに、同じようにズボンをぬらした男に笑いかけられると、まるで遊んでいるような気になった。

二人で岸に子供を引き揚げると、家族が駆けよってきた。大事はなく、水を少し飲んだだけであった。

ずぶぬれの二人は、子供の両親に何度も頭を下げられた。

「よろしければ、お二人とも服を乾かしにいきませんか？　すぐそこに私たちの経営している和菓子屋があるのです」

男は笑ってフジに囁いた。

「これは好機到来。もしや羊羹《ようかん》なんかをいただけるやも？」

フジは嬉しくなって笑った。すっかりこの男が気にいってしまった。

この縁から交際がはじまった。

桜の川で出会った男の名は桑本誠《くわもとまこと》という。

そのとき桑本は二十七歳で、フジは二十歳。桑本は商社に勤めていた。

桑本と一緒にいると、何が起こっても楽しかった。

土砂降りの雨にずぶぬれになっても、何かそれが「とても面白い状況を神様が準備した」ように感じてしまうし、普段はおよそ何も感じない音楽なども、桑本に誘われて音楽会などに一緒に聴きにいくと、それが自分の青春を彩る唯一無二の宝だというように印象が変わるのである。

強烈な恋だった。吸い寄せられるように二人は逢瀬《おうせ》を重ね、時間を共にした。

ここまで異性に胸を焦がすことは、フジのこれまでの生涯ではなかった。

何もかもが良かった。見てくれも、声も、発する言葉も、仕草も、人への接し方、振る舞いも、どれも愛すべき人だった。

だが、桜の川での出会いより、数ヵ月後、桑本誠から別れをきりだされた。

「フジさん。ぼくは結婚しなくてはいけなくなった」

「どこの誰と！」

「うちの会社の社長の令嬢と」

フジは困惑した。

桑本の説明によれば、まだ令嬢が幼かった頃に、桑本が家庭教師をしており、かなり気に入られているのだという。

出世目当てというわけでは決してないが、社長一家とは家族ぐるみで付き合いがあり、これまでどれほど世話になっていたかしれず、縁談を断るのは仁義に反するし、社内での立場にも支障がでる——というのである。

「でも私、マコさんと別れたくない」

フジさん、マコさんと呼びあう仲だった。

「ぼくもだ」桑本はフジを抱きしめた。「ぼくはフジさんのほうが一緒にいて気楽だし、落ちつく。彼女の家ときたら、何もかもが気取っていて、上品ぶっていて、本当に疲れるんだ。いっそのこと、フジさんと心中したい気もする。フジさんにはお妾《めかけ》さんという道もあるのだが……それでは不憫《ふびん》すぎる」

「私はそれでもいい！　マコさんと別れるぐらいなら妾でもいい」

フジの家に遊びにきた美琴は、話をきくと呆然《ぼうぜん》としながらフジに忠告した。

「妾って、見そこなったわ。フジちゃん、あなた、ちょっと目を覚ましなさいよ」

その当時、地位、財力のある男が正妻の他に妾を作ることは、珍しいことではなく、またそれほどの非難を受けるようなことでもなかった。妾は妾で子を作り、養育費をもらったし、正妻が死ねば妾が正妻の地位に納まることもままあった。

「だってあなたのお相手は、会社員じゃないのさ」

美琴は、妾という存在を、倫理的にも、女の人生の選択としても、決して良いものとみなしていなかった。

「だいたい奥さんがどんな気持ちになるか、想像できないのかしら？」

「会ったこともない社長令嬢とやらの気持ちなんか知ったことじゃないわ」フジはいった。

「あなたはもっと素直で、人の心がわかる人だった」

「わかるはずない。七十七人を殺した殺人鬼が正体だもの」

「男なんていくらでもいるでしょうに」

「マコさんと同じ男は一人としていやしない」

「きっとその男は七十まで生きて、正妻は八十まで生きる。ついでに妾に相続権はないのよ」

「それで構わない。なぜなら私はお金目当てじゃないから」きらきらと輝く目でフジは堂々といった。「好きでもない女と結婚するはめになったマコさんの癒《いや》しになって支えてあげるの」

そして桑本と令嬢は結婚した。

もちろん、桑本と令嬢の結婚式には呼ばれなかったが、一目、愛する男と結婚した女を見てやろうと、フジは後日、桑本の新居の近くをうろつき、遠目に桑本の妻の姿を確認した。

顔立ちにも背格好にも見覚えがあった。

あの切れ長の目。

どこでだろう？　夢の中でだ。そうだあの路地裏。

――何ですあなた。私に御用かしら？

斬れなかった、寄り道の女。

――わしからの贈物のつもりだったのだが。

死神の声が脳裏によみがえり、嫌な汗が滲んだ。

桑本の妻は庭で洗濯物を干し終えると、犬を連れてやってきたおばさんと世間話をはじめる。

フジは震える足で、そっとその場を離れた。

もしも私があのとき、あの女を斬っていたのなら。

妾の私が正妻になったのか。

そういう意味だったのか。全てを見越して斬れと命じたのだ。確かに、目的のためには手段を選ばぬ時影流の「贈物」に違いなかった。

だが斬らなかった。斬らなくて良かった。

あの瞬間に戻ったとしても、私はやはり彼女を斬らないだろう。彼女はあのときなんといっただろう？

──家に四歳の男の子が一人、一歳の女の子が一人います。

考えているうちに、桑本への恋心が鎮火していった。

いずれ社長令嬢は桑本の子供を二人産む。

桑本は自分と人生を共にする運命の男ではないのだという確信が強まっていく。

フジは桑本誠へ一方的に愛人契約の解消を告げた。

そして一人になった。未練はなくもないのだが、泣きながら、これでいいんだと繰り返し呟《つぶや》いた。

その翌年、フジは結婚した。

相手は山田《やまだ》松太郎《しょうたろう》という印刷会社で働いている、四歳年上の男だった。

結婚した次の年には妊娠した。最初の赤ん坊は女の子だった。

杏《あん》と名付けたその娘を腕に抱いたとき、フジは思った。

もしも私がマコさんと別れていなければ、生まれなかった命だ。

杏を抱きながら、自分は間違っていなかったとフジは確信した。この小さなかわいい赤ちゃんがこの世に存在できた。それだけで桑本と別れた意味がある。

そして杏ができてから二年後には男の子、清一郎《せいいちろう》を授かった。

フジが二十八歳のとき、独逸《ドイツ》軍が波蘭《ポーランド》に侵攻した。

後に第二次世界大戦と呼ばれる大きな戦争がはじまった。

日本ではほどなくして、政治家一名と、陸軍の上層部数名が何者かに、暗殺された。

彼らはみな、参戦派の中心人物だったことから、日本の参戦を阻もうとする敵国の刺客ではないかという見方が濃厚だった。

その後成立した米内《よない》内閣は、戦争に消極的な内閣だった。日独伊の三国同盟を組むことには、

「我国は独逸のために火中の栗を拾うべきではない」、
と主張した。

国内の世論は二分していたが、参戦派の筆頭が死亡していたことや、海軍の山本五十六《いそろく》らが、独逸という国の遠さや、米英との関係悪化を懸念し、三国同盟に反対したことから、結局日本は同盟を組まず、大戦には参加しなかった。

一九四五年の三月だった。

買いもの帰りにフジは、ズロロロという懐かしい原動機《エンジン》音を聞き、足をとめた。

冷や汗が全身に滲む。

フジの隣に緑色の車が停まった。仄《ほの》かに淡い光を発しているその車は、改めて見ると少し時代のずれた形状《フォルム》である。

「おい、わしだ」

時影が運転席から顔をだした。二十年以上も前に会ったのが最後なのに、なんと馴《な》れ馴《な》れしい挨拶《あいさつ》だろう。

時影の容貌《ようぼう》は二十数年前と全く変わっていなかった。

「あ、あなたは」

フジは目を見開いた。

「フジ。全て忘れてしまったか？」

「まさか、そんな」

「ふむ、おぼえておったか。よかった。そう怖い顔をするな。もうおまえの仕事は全て終わったのだ。なあにちょっと町を走っていたら、おまえを見かけたので、声をかけただけだ」

十二歳の頃からではフジの容姿もずいぶん変化していたが、時影のような超越的な存在には苦もなくわかるのかもしれない。

「こ、困ります」

「困ってくれるな。せっかくわしのことをおぼえているようだから、ちょいとおまえに見せたいものがある。なあに悪いようにはせん。すぐに帰してやるから乗っていけ」

フジは助手席に乗った。

懐かしい。十二歳の頃を思い出す。ただこの座席に背をもたせて、百舌真を膝に置き、何もわからぬまま揺れていたっけ。

時影は加速装置《アクセル》を踏んだ。ズロロロ、と走り出した。

昔の自動車は木炭で走った。最近はガソリンで走っている。この車の燃料はなんなんだろう。時影が燃料をいれているところを見たことがない。

少し走ると、音もなく周囲の家や建物《ビル》が、かき消えはじめた。

いったん暗くなり、再び光が射すと、そこは地平の果てまで焼け野原になっていた。

時影は車を停めて、扉を開きおりた。

フジもおりた。

空気が埃《ほこり》っぽい。瓦礫の山の粉塵《ふんじん》のせいかもしれない。

ここは東京か？　どういう状況なのだ。大震災の時のようではあるが、少し違うようにも思う。いったいいつ、何を原因にこうなった？

灰色の空を見たこともない大きな飛行機が飛んできて、ばらばらと爆弾を落としていく。

落ちた先では煙と火柱があがった。

「焼夷弾《しょうい》だ」

道の脇に真っ黒な死体が積み上げられていた。

生きているものは何も見当たらなかった。

焦げた電信柱に、〈城東区〉の表示があった。

「わしは芸術を作っているといっただろう？」

フジは頷いた。

「今眼前に広がっているのは、お主の今日と同じ一九四五年の東京。もうひとつの一九四五年だ。お主がわしの芸術の手伝いをしなかったなら東京はこうなっていた。お主の斬った七十七人のうち半分以上が、このたびの世界戦争に日本を導く関係者だったわけだ」

時影はもう一度ゆっくりといった。

「お主が、斬ったから、眼前のこれは、起こらなかった」

起こらなかった。フジは焼死体の山を見ながら繰り返した。

「さて、わしはこの風景の他にもうひとつ見せておきたいものがあってな。実はこの近くには〈わしと出会わなかったおまえ〉がおるのだ。もう一人のおまえは、今のおまえと同じように東京にでてきておってな。そして〈二児をかかえ防空壕《ごう》をでたところで焼夷弾に焼かれた〉のだ。ほれ、そこに転がっているのが〈おまえ〉だ」

フジは時影の指差した先を見た。

瓦礫だらけの道に、真っ黒に焦げて顔もよく判別できない大人と、小さな二つの炭化しかかったものがあった。

思わず手をあわせた。

あれが――私？

私とは別の人生を進んだもう一人の私。

フジはしばらく呆然と立っていた。

「未来は常に不確定でな。いくら仕込んでも、その時にならなくては必ずしも望んだことが起こるとは限らない。だがわしが描いた一九四五年は確かにやってきた。絵具が乾いたというところかの」

焼け焦げた自分自身から目が離せない。

「さあ、ではもとの場所に送ってやろう」

フジと時影は車に乗りこんだ。

再び車が走り出した。

「これがこうなったら、未来はこうなるといったことや、あるいは未来に何が起こるか、何もかもお見通しなのですか？　神様のように」

フジはきいた。

「ふむ。全てではないがわかることは多い」

「ひとつ教えてください」

「ものにもよるな」

「私があなたの絵筆であった頃、桑本誠の妻を、もしも斬っていれば、今の私は幸福になっていましたか？」

時影は溜息《ためいき》をついた。

「今の私、というのは、そこにいるおまえか。それをやっていれば、そこにいるおまえは、幸福も何も存在すらしておらん。ただそうだな。もしもお主が斬っておれば、〈別の世界の別の私〉ならば、その男の正妻になっていた。だが幸福については全くわからん。わしはお主ではないのでな。家事をしながら幸福を感じる女もいれば、不幸だとしょげかえる女もいる。そんなものは知らん」

「はあ」

そんなものかと思う。

「わしは人間を使って世界を描くが、人間はその一人一人が、それぞれの想いで人生を描き、世界を作る。お主の選択で、新しい子孫の筋が、この世界に出現した。お主にとってかけがえのないもののはずだ。わしにいえるのはそれだけだ。もう一度いうが、後悔や、失敗の過去であったとしても、それをなくせば今のお主は存在すらできんのだ」

選ばなかった道など、気にしているのでない。

少しの沈黙のあとフジはいった。

「殴るのです」

黙っていればよいことだ、泣きごとをいう主婦は恥ずかしいぞ、とちらりと思ったが、口は勝手に動いていた。

山田松太郎は殴るのだ。

「酔って帰ってきて、私を殴り、私が何かすると、生意気だと殴り、躾《しつけ》がなっていないなどといって子供たちも殴り、あげくの果てには外で作った女を家に連れてきて、楽しげに夕食をとったりするのです。それも私に料理と給仕を命じて」

時影は黙って操舵器《ハンドル》を握っている。

「私が友達と交流することなど一切許しません。家事が疎《おろそ》かになるそうで」

愚痴を誰かにこぼしたいが、その相手である同郷の親友、美琴とのつきあいは松太郎が禁じている。曰《いわ》く、あの女は、虫が好かん——とのことだ。美琴はだいぶ前から、女性の権利を拡張する女性運動家として婦人誌に記事を書くようになった。美琴と松太郎の相性はすこぶる悪い。

「今日だって帰ればきっと」

遅い、何をやっていた——と殴られるだろう。

ふっとフジは己の愚痴を恥じ、努めて明るくいった。

「でも、私の悩みなんて贅沢です。自分のしてきたことや」七十七人を殺したのだ。「自分のもうひとつの運命を今日みたら」炭化しかかった死体。「今の自分がどれほど幸せなのかと、ずいぶん明るく思えてきました」

時影は頷いた。

「かつてのおまえなら、斬り捨てていただろうにな」

「〈夢〉ではないのですから、そうはいきませんよ」フジは笑った。「それに私は、目的のはっきりした殺しをしたことは〈夢〉の中ですら一度もありませんでした」

あの頃は、何もわからず、ただいいつけられたことだけ受動的にこなしていたのだ。己の目的のため能動的に人斬りをしたことはない。

「そうか。だがしかし、簡単なことなのだ」時影は呟くようにいった。「その時代の誰もができなかったことを——無垢《むく》なおまえが遂行した。別の絵筆が、もはや無垢ではないおまえのために」

そこで時影は言葉を止めた。

暗くなり、また明るくなると、焼け野原は、東京の旧《ふる》い街並みに変わっていた。

空襲のなかったこの世界では、明治の頃の建物もずいぶん残っている。風情のある街並みだが、フジにとってそれは当たり前の風景でしかなく、特段感慨はない。

「今も芸術を作っているのですか？」

「うむ。新しい絵筆でな。わしは消滅するまで芸術を作り続ける。そういう運命だ」

ギュイム、と制動装置の音がする。

「お主と二度と会うことはないだろう。達者でな」

車は家の前に停まった。

おりてから振り返ると、もう時影の車は消えていた。遥か彼方《かなた》のほうで、ズロロロという音が微《かす》かに聞こえたような気がした。

〈夢〉は去っていった。

フジは買い物籠《かご》を片手に深呼吸し、玄関の扉を開いた。十一歳の娘、杏と、弟の清一郎が飛び出してきた。

「おかえりなさい」

買い物籠を下ろすと娘と息子を抱きしめた。

ここはあなたたち二人のいる世界。

かけがえのない、どこにもない世界。

奥から、殺気だった松太郎の怒声が響く。

「遅い！」

のしのしと鬼の形相でやってくると、フジの頭をひっ叩《ぱた》いた。

「どこで油売ってんだ！　ああ？　いい身分じゃねえかよ」

翌日の夕がた、電話がなった。

警察からだった。

フジは黒電話の受話器を握りしめる。

警察官が告げることを聞いているうちに膝小僧が震え始めた。

フジは受話器を置いた。

通り魔――だという。

ただちに病院にいかなくては。

死神の声がよみがえる。

――別の絵筆が、もはや無垢ではないおまえのために――そこで時影は口を止めたが、おそらくこう続いたのだ。〈絵を描いてくれる〉と。

夫は私が到着するまで、生きているだろうか。たぶん無理だろう。そして夫を斬った犯人はきっと捕まらないだろう。

遠い車の助手席で、無垢な誰かが、百舌真の刀身についた血を拭《ふ》き取り、車は次に死すべき者のところへと走る。

フジは瞬間、深い闇に包まれ、へなへなと床に膝をついたが、やがてかつて何十回もそうしてきたように壁に手をついて立ち上がり、病院へ向かう準備をはじめた。

（角川文庫『無貌の神』に収録）

お祖父《じい》ちゃんの絵

小林泰三

おやおや、舞《まい》ちゃん、こんなところにいたのかい。姿が見えないもんだから、お祖母《ばあ》ちゃん、心配しちゃったよ。

地下室には一度も連れてきたことがなかったのに、よく一人で来れたね。いったい、いつからここに来ることを覚えたんだい？

そうかい。この前、遊びに来た時が最初だったんだね。

この絵が好きだって？　この絵はね、お祖母ちゃんの一番のお気に入りなんだよ。とても大きいだろ、ほとんど壁と同じぐらいの大きさだろ。

ははは。当たり前だね。これは壁画だもの。舞ちゃんがまだ生まれていない頃、それどころか、お母さんも生まれていない時、お祖母ちゃんが描いた絵なんだよ。

ああ、天窓は小さ過ぎて、あまり光が入って来ないから、細かいところがよく見えないね。

そんなことはないって？　舞ちゃん、お祖母ちゃんの言うことには逆らっちゃいけないよ。今、電灯のスイッチを入れるからね。

ほら、きれいに見えるようになった。本当にきれいな絵だね。お祖母ちゃんは自分で描いたんだけども、いつもここに来るたびに、つい見とれてしまうんだよ。なんだか、変ね。でも、舞ちゃんもきれいだと思ってくれるんだね。

一度、見始めるとずっと見ていたくなるって？

そうだよ。お祖母ちゃんもこの絵を見出すと、時の立つことも忘れてしまって、朝、ここに来たはずなのに、気が付いたら真夜中だったってことが何度もあったんだよ。

この絵は本当に不思議な絵なんだよ。今でも、お祖母ちゃんは不思議で不思議でしようがない時があるもの。

この絵はねぇ、お祖父《じい》ちゃんなんだよ。

舞ちゃん、この絵をよく見てごらん。大勢の人が描いてあるだろ。気を付ければ、同じ人が何人もいることがわかるはずだよ。

いやいや。双子や三つ子というわけではないんだよ。この絵は物語になっているんだ。だから、同じ人があちこちに描いてある。漫画なんかでも、同じページに同じ人の絵がいくつもあるだろ。あれと一緒なんだよ。ただ、この絵には枠線はないけれど。

この絵は水墨画のように一色で描いてあるのに、じっと見ていると色が見えてくるだろ。描いたお祖母ちゃんでさえ、どうしてそんなことになるのか、わからないよ。

えっ？　水墨画を知らないって？　ふふふ。

この男の人を見てごらん。あちらこちらに出て来るだろ。この人がお祖父ちゃんなんだよ。

ああ、舞ちゃんはお祖父ちゃんを知らなかったね。当たり前だよ。舞ちゃんが生まれた頃にはもうお祖父ちゃんはいなかったんだから。写真一枚、残っていない。だから、お祖父ちゃんの思い出はこの絵しかないんだよ。

お祖父ちゃんはきれいで立派な姿をしているねぇ。見とれちゃうね。

これはお祖父ちゃんじゃなくて、お兄ちゃんの絵じゃないかって？

ははは。舞ちゃん、お祖父ちゃんは生まれつき、年寄りだと思ってるんだね。あのね、舞ちゃん、お祖母ちゃんだって、大昔は若かったんだよ。その証拠にここにいる女の子がお祖母ちゃんなんだよ。

そうだよ。この絵はお祖父ちゃんとお祖母ちゃんの物語になっているんだよ。二人の出会いから始まる物語。

この絵を描いて、本当によかったと思うよ。今でも、この絵を見るとあの時のことが色鮮やかに蘇《よみがえ》ってくる。見たものだけじゃなく、音や匂いまで、ありありと浮かんでくるんだよ。もう、幻を見ているのじゃないかと思うぐらいだよ。

お祖父ちゃんと出会った頃、お祖母ちゃんは一人ぼっちだった。お祖母ちゃんのお父さんとお母さん――つまり、舞ちゃんの曾《ひい》お祖父ちゃんと曾お祖母ちゃんは少し前に死んでしまってたんだ。

二人とも、お祖母ちゃんのことをとっても気にかけていたよ。なぜって、もうその時にはお祖母ちゃんはお嫁さんになるには少し年をとり過ぎていたと思ってたからなんだ。もちろん、そう思っていたのは曾お祖父ちゃんと曾お祖母ちゃんだけで、お祖母ちゃんはそんなことは全然気にしていなかった。

お祖母ちゃんにはわかっていたんだよ。いつか、素晴らしい人が目の前に現れることがね。でも、二人はいくらそう言っても取り合ってくれはしなかった。

この家は何百年も続いた名家なのだから、おまえには是非とも跡をついでくれるよい婿をとってくれなければ困る。そんなことばかり毎日聞かされていたっけ。

毎月ごとにお見合い話を持ってきたけれども、お祖母ちゃんは全部断わった。時には無理やり、お見合いの席に連れていかれることもあったけれど、わざと相手に嫌われるようなことをしてやった。料理を手掴《てづか》みで食べたり、相手に投げ付けたり、突然大声で歌い出したり。

そんなことをしているうちに、見合い話はぷっつりと来なくなった。

曾お祖母ちゃんと曾お祖父ちゃんが諦《あきら》めたわけじゃない。二人は相変わらず、あっちこっち、よい縁を探し続けていたんだけれど、みんなお祖母ちゃんに恐れをなして、逃げ出してしまったのさ。

やがて、曾お祖父ちゃんと曾お祖母ちゃんは結婚のことは言わないようになった。

その話が出るたびにお祖母ちゃんが不機嫌になって、わざと二人を困らせるようなことをするのがわかっていたからだろうね。

でも、目を見ていれば、二人の心の中は手にとるようにわかったよ。

無言で責め続けるんだ。

はっきり、言葉で言ってもらった方がどれほどすっきりしただろう。お祖母ちゃんは二人が何も言わなくても、目の光から心を読んで、癇癪《かんしゃく》を起こすことも多かった。

だから、二人があっけなく、死んでしまった時、もちろん悲しみもあったけれど、それよりも言い様のない解放感を感じて、お祖母ちゃんの心はとても楽になった。

この絵の右上のところを見てごらん。縮こまった二人の老人が寝ているだろう。茶色くて汚らしいねぇ。そして、その横に潑剌《はつらつ》として、ドアから外に出ていく女の子がいるだろう。

この縮こまった二人が死んでいる曾お祖父ちゃんと曾お祖母ちゃんさ。女の子はお祖母ちゃんだよ。もちろん、その時には本当はもう女の子とは言えなかったかもしれないけれどね。それでも、お祖母ちゃんの魂は少女のように躍っていたし、外見だってとても若く見えていたはずだよ。

お祖母ちゃんはお仕事はしていなかった。おうちがとてもお金持ちだったし、曾お祖父ちゃんは若いうちにお祖母ちゃんを結婚させてしまうつもりだったから、就職させる気はなかったんだよ。それにお祖母ちゃんも人に言われるがままに働くのは大嫌いだったし。

お祖母ちゃんは絵を描くのが好きだったんだよ。だから、美術の学校に進みたかったんだけれど、曾お祖父ちゃんは許してくれなかった。

才能は充分あったのに！　この絵がそれを証明してくれている！　わたしは画家になるはずだった！　あの狂った老人がわたしの才能を摘み取ろうとした！　わたしの人生を踏みにじった！　あんたを絶対に許さない!!

……ああ、ごめんよ、舞ちゃん。怖がらなくてもいいんだよ。舞ちゃんのことを怒ったのではないんだよ。この絵を見ているとつい心が昔に戻って目の前に曾お祖父ちゃんがいるような気がしてしまったんだよ。年のせいか、こんなことが多くなってきたねぇ。

ええと、どこまで話したかね？　そうそう。曾お祖父ちゃんと曾お祖母ちゃんが死んだとこまでだったね。

お祖母ちゃんが子供の頃は大勢の使用人がいたんだけれど、お祖母ちゃんが大人になる頃までには、一人また一人とやめていったんだ。理由はよくわからない。まあ、あんまり感じのいい人たちじゃなかったから、かえってよかったぐらいだけれどね。

人付き合いは好きじゃなかったから、親戚《しんせき》とも、あっと言う間に疎遠になってしまった。近所と言っても田舎のことだから、歩いて何分もかかる。

二人が死んだ後、お祖母ちゃんは広いこの家に一人ぼっちになってしまった。

お金はたくさんあったので、生活には困らなかった。そのことについてだけは曾お祖父ちゃんに感謝してもいいと思ったもんだよ。

お祖母ちゃんは自由になったので、これからはずっと好きな絵を描いて暮らそうと思ったんだ。でも、いざ描こうとすると、いっこうに手が動かない。

そんなはずはない。わたしには才能があるはずだ。子供の頃はあんなにうまく描けたじゃないの。そうだ。子供の頃の絵を探して見てみよう。

お祖母ちゃんは家中探し回った。でも、曾お祖父ちゃんも曾お祖母ちゃんも使用人たちもみんながみんな口を揃えて、うまい、上手だと褒めてくれた絵は一枚も見つからなかった。きっと、曾お祖父ちゃんが嫌がらせで捨ててしまったんだろうねぇ。もう一度、見てみたいもんだよ。

さんざん探し回った後、疲れ果てて、呆然《ぼうぜん》としている時、ふいにとてもいい考えがお祖母ちゃんの頭の中に飛び込んで来たんだ。

絵が描けないのは自分のせいじゃない。描くべき対象がないんだ。いいモデルさえいれば、絵なんかいくらだって描けるはずだ。

その日から、お祖母ちゃんはスケッチブックを持って、村中を歩き回ったんだ。肩に提げた鞄《かばん》の中にはいろいろな色の色鉛筆が入っていた。

まるで臆病《おくびょう》な野良犬のように、きょろきょろと周囲を見回しているものだから、村内の者たちはお祖母ちゃんを不審がって、道で会っても避けるようになってきた。もちろん、そんなことは全然気にならなかったけれどね。

遊んでいる子供たちを呼び止めて描いていたんだけど、やっぱり、うまく描けなかった。描き始めはなんとかなりそうな気がするんだけれど、描き進むうちに少しずつ何かが歪《ゆが》んでくる。それを修正しようとして描き込むとますます子供の顔はお化けじみたものになってしまう。

お祖母ちゃんがてこずっていると、モデルたちは無性に絵を見たくなるらしくって、たいていの子はこっそり覗《のぞ》き込もうとしたもんだよ。

てっきり、自分の顔があると思っているのに、お化けの顔を発見した子供たちはほとんどが驚きの声を上げた。

その次の反応はいろいろだったね。

恐怖で泣き出す者。怒り出す者。笑い出す者。からかい出す者。無言になる者。逃げ出す者。

どれも、とてもお祖母ちゃんを苛立《いらだ》たせた。思わず、スケッチブックで殴ってしまったこともあった。

そんなこんなで、子供たちはお祖母ちゃんに近寄らなくなってしまった。親が言い聞かせているのか、子供たちの間での噂になっていたか、どっちかだと思うよ。子供たちは道端でわたしに出会うと、さっとすぐには手の届かないところまで走って、何か不愉快な言葉を叫んで逃げていくようになった。

魔女か何かだと思ってたらしい。

それでも、お祖母ちゃんは諦《あきら》めずに毎日、モデルを探し続けた。自分の運命を信じていたからだよ。

そして、その日がやってきた。

うだるような暑さの中、お祖母ちゃんは朦朧《もうろう》となって、それでも何かに憑《つ》かれたように道を進んでいた。

すると、反対側から、見掛けない人影が歩いて来るのが目に入った。

ここだよ。この絵の下のところ。きれいな男の子が歩いて来るのがわかるだろ。男の子と言っても子供じゃないよ。かと言って、完全に大人になっていたわけでもない。

お祖母ちゃんはすっかりその男の子に見とれてしまったんだ。

男の子の方もお祖母ちゃんの方を見ていた。もちろん、直接じろじろ見ていたわけじゃないよ。瞳《ひとみ》はまっすぐ前を向いていたけれど、視線は目の端のお祖母ちゃんの方をしっかりと向いていたんだ。そういうことはお祖母ちゃん、とってもよくわかるんだ。

見つめ合った二人が擦れ違おうとした時、運命の神様がちょっとした悪戯《いたずら》をしてくれたんだ。

色鉛筆を詰め込んでいた、鞄の肩紐《かたひも》がぷっつりと切れてしまったんだよ。毎日毎日、肩から提げて、日長一日、歩き回っていたもんだから、揺れるたびに肩とこすれて、すっかり磨《す》り減ってしまっていたんだろうね。

色鉛筆は全部、ばらばらと二人の足元に落ちていった。ほら、絵の中にも色鉛筆がいっぱい零《こぼ》れているだろう。ああ、色がないから、ただの鉛筆みたいに見えるね。ここがちょっと残念だよ。

お祖母ちゃんは悲鳴を上げて、慌てて拾い集めようとしたんだ。色鉛筆は画家になるために大事なものだったし、きれいな男の子の前でそんな失敗をするのはとても恥ずかしかったからね。

ところが、どうだろう。その男の子もお祖母ちゃんといっしょになって、色鉛筆を拾い集めだしたんだよ。

大丈夫ですか？　僕の体が鞄に触ってしまったのかもしれませんね、と男の子は優しく声をかけてくれた。

お祖母ちゃんはとても嬉《うれ》しくなったけれど、嬉しくなり過ぎて何も言えなくなった。

せっかく、拾ってくれた男の子の手から、鉛筆をひったくるようにもぎ取ると、めちゃくちゃに鞄に詰め込んで、足早に逃げてしまった。

その日は午後のモデル探しは取り止めにして、屋敷に帰ることにした。

家に帰っても、お祖母ちゃんの頭の中は今日道端で会った男の子のことでいっぱいだった。

あの子はずっと悟られないように、こちらの様子を窺《うかが》っていたし、鉛筆を落としたのをチャンスとばかりに声をかけてきた。わたしを意識していることは間違いない。

思い切って声をかけてみようかしら？　でも、女の方から声をかけたりするのは、はしたないかしら？

お祖母ちゃんには相談できる相手は誰もいなかったから、一人で思い悩むしかなかったんだよ。

次の日もお祖母ちゃんは村中を歩き回ったけれど、その目的は前とは違っていたの。そう。あの男の子を探すために歩いていたんだ。

必死になればなんでもできるもんで、その日の内にまた男の子を見つけだすことができた。

きっと、両親だろうと思われる年配の男女と何か楽しそうに話しながら歩いていた。

ほら、この絵の左上のところ。草むらから、女の子が覗いているのがわかるだろ。

その前に歩いているのが、男の子とその両親だよ。

何？　女の子が獣のように見えるって？　ははは。失礼なこと。この女の子はお祖母ちゃんなんだよ。でも、そう言われれば、目が光っているようにも見えるね。不思議だね。ああ、それから、この草むらは枯れ草のように見えるけれど、本当は緑色をしていたんだよ。

田舎道なので、身を隠すものはほとんどなかったけれど、お祖母ちゃんは草むらを這《は》いずるようにして、三人の後をつけて、どこの家に入るかをつき止めた。

そんな家族が村に住んでいたなんて、その時まで全然知らなかったので、買い物のついでに近所の店の人にそれとなく聞き出してみた。

普段、お祖母ちゃんは買い物する時でも一言も喋《しゃべ》ったことがなかったから、どの店の人も——店といっても、万屋《よろずや》が何軒かあるだけだったけれど——最初は不思議そうな顔をした。

きっと、わたしの悪い噂が広まっているんだわ。

その時までは人にどう思われようと平気で自由に振る舞ってきたけれど、この時はさすがに後悔したね。簡単なこと一つ聞き出すのに苦労するし、その悪い噂が男の子の耳にでも入ったら、目も当てられない。

しかし、そんなことでくよくよしていても始まらない。お祖母ちゃんはそれからはできるだけ愛想よく振る舞うことにし、モデル探しもやめてしまった。最初は疑り深く接していた村の人たちも二週間もすると、少しずつ気を許し出した。ひひひ。単純な連中だね。

お祖母ちゃんが見た家族はこの村に住んでいたのではなかった。ちょうど、今舞ちゃんたちがここに遊びに来ているように、親元に帰ってきているということだったんだよ。それから、男の子の両親は一足先に都会に帰ってしまって、今は老夫婦の元に孫——つまり、男の子——だけが残っているということも教えてもらった。

お祖母ちゃんは焦った。だって、あの男の子がこの村にいるのは高々夏休みが終わるまでのはずだから、それまでに言葉を交わしておかなければ、来年の夏まで会うチャンスはなくなってしまう。いや、ひょっとしたら、もう来年からはここにやって来ないかもしれない。

お祖母ちゃんは絶対、夏の間に男の子と知り合いになろうと決心をした。

朝早くから、絵の道具を持って、男の子の家の前に行った。

朝の間に年寄りの女が一度外に出て、また中に戻った。それからは誰も出てこなくなった。時間はどんどんたち、昼を過ぎてしまった。回りには大きな木もなく、太陽はほとんど真上から照り付けるので、目の届く範囲には身を隠せるような日陰は一つもなかった。汗が滝のように溢《あふ》れて、お祖母ちゃんの服は川に落ちたかのようにぐっしょりと濡《ぬ》れてしまった。頭の毛は火傷《やけど》しそうなぐらいに熱くなって、気のせいか焦げ臭い匂いまでするような気がしたよ。

少しの間だけでも涼しいところで休みたかったけれど、その少しの間に男の子が家を出てしまったらと思うととてもそんなことはできなかった。

この絵の真ん中より少し下のところに家の前で立っている女の子がいるだろう。足元の塊は影じゃないよ。あの時太陽は真上だったんで、影はほとんどできなかった。これはお祖母ちゃんが流した汗の水溜《みずた》まりさ。

太陽は少しずつ傾き出したけれど、温度の方は逆にどんどん上がり始めた。不思議なことに汗が引いてきた。汗だけじゃない。口の中も鼻の中も目玉でさえ、からからになってきた。

遠くの山も近くの家も景色の中のものはみんな歪《ゆが》み出した。ぐにゃぐにゃと蛇のようにのたくっていた。ゆっくりとした地震が起きて、お祖母ちゃんは止まりかけた独楽《こま》の心棒のようにぐらりぐらりと回ってしまった。

大丈夫ですか？

お祖母ちゃんはさわやかな声を聞いた。

気が付くと、地面に手をついていたんだ。

ご気分でも悪いんですか？

見上げても逆光で顔はよく見えなかった。でも、その声を忘れるはずがなかった。

いえ。平気です。ちょっと立ち暗みがしただけなんです。

お祖母ちゃんはなんとかそれだけ答えた。

よかったら、僕のうちで休んでください。この前の家です。

いえいえ。とんでもない。ご迷惑はかけられません。

こんな汗だくで男の子の家にいくわけにはいかない。自分でもにおいで吐きそうだ。

お祖母ちゃんは自力で立ち上がろうとしたけれども、汗の水溜まりに足元が滑って尻餅《しりもち》をついてしまった。

男の子はさっと手を出して、お祖母ちゃんを助け起こしてくれた。

この絵だよ。ああ、なんてロマンチックな情景だろうねぇ。二人の瞳《ひとみ》はしっかりと互いを捕らえているだろう。この時は熱さも痛みもなんにも感じなかったよ。

やっぱり、うちで休まれてはどうですか？

男の子はそう言ったけれども、お祖母ちゃんは丁寧に断った。そして、自分の名前と家の場所を教えて、助けてくれたお礼に絵を描かせてくれないかと頼んだんだよ。

男の子は、へえ、絵を描かれるんですか。是非とも描いてください。お願いしますよ、と言って、名前を名乗ってくれた。そして、うちの祖父母も絵が好きなので喜ぶと思います、と続けた。

お祖母ちゃんは、できればご家族にはおっしゃらないようにしてください。こんなことを言っては失礼ですが……。実は、わたしには家族はおりません。何もなくてもこんな田舎では女の一人暮らしは何かと噂の種にされます。ましてや、都会から来られた若い学生さんと会っていることなどが知られますと、大変なことになってしまいます、と答えた。

本当はお祖母ちゃんは男の子に自分の悪い噂を聞かれるのが怖かったんだよ。名前を聞いた時の反応からして、今はまだ何も聞いていないようだったけれど、祖父母に聞けば、ああ、その女は有名だぞ、と吹き込まれるかもしれない。もし、祖父母もまだ噂を知らなかったとしても、若い孫が年上の女と会うと知ったら村の連中にわたしのことをあれこれ詮索《せんさく》するかもしれない。それだけはどうしても避けたかった。なぜなら、お祖母ちゃんははっきりとその男の子が運命の人だとわかったからだよ。手と手が繋《つな》がった時、電気が全身を駆け抜けた感覚は今でもはっきりと覚えてる。

じゃあ、どうしましょう？　僕の方から訪ねていってもいいんでしょうか？

そう願います。明日はいかがでしょうか？

明日は行けます。

何時頃がいいでしょうか？

何時でも、僕はあなたの都合がいい時間で結構です。

では、二時頃、お訪ねください。

それだけ言うと、お祖母ちゃんはまだふらつく足で小走りに家に向かったんだ。なんだか急に恥ずかしくなってしまってね。人付き合いが大嫌いで、その年になるまで、まともに人と話したこともなかったのに、初めて会った男性を家に招くだなんて、なんて大胆なことをしたんだろうって、自分でも驚いてしまったよ。

その男の子こそが、舞ちゃん、おまえのお祖父ちゃんだったんだよ。

家に帰ってからが大変だった。なにしろ、曾《ひい》お祖父ちゃんと曾お祖母ちゃんが死んでからというもの、全然掃除をしていなかったんだからね。まだ眩暈《めまい》と吐き気が酷《ひど》かったけれど、背に腹は代えられない。その日の晩は徹夜で屋敷中を掃除しまくったよ。廊下の埃《ほこり》は泥のようにこびりついているし、台所の食器は死んだ猫のような臭いがしているし、和室の畳は真っ黒でべたべたしていた。

普段、お祖母ちゃんは和室を使っていたんだけれど、畳だけは拭《ふ》いてもどうにもならなかったので、お祖父ちゃんを通すのは洋室にしようと決めた。

この家には洋室がいくつかあるだろ。曾お祖父ちゃんの書斎とか、応接室とか、ピアノの部屋とか。その中には全然使っていない部屋があったので、それをその日からアトリエにすることに決めたんだよ。

午前中にアトリエに絵の道具を運び込んだ。机は自分の部屋にあった勉強机をそのまま使うことにした。スケッチブックと色鉛筆はいつも使っているものだ。

それから、何年も前に親戚《しんせき》からプレゼントされたキャンバスとキャンバス台と油絵の具と筆。これらはもらってすぐしまい込んであったので探すのに苦労したよ。すっかり埃を被っていた。ただちょっと心配だったのはお祖母ちゃんは正式に絵をならったわけじゃないから、正式な絵の描き方や道具の使い方を知らなかったことだった。もちろん、お祖母ちゃんは自分の才能には気が付いていたから、少しぐらい基本からはずれていても、そこいらの画家よりもずっと立派な絵が描けることはわかっていたよ。でも、もしお祖父ちゃんが絵のことを知っていたとしたら、お祖母ちゃんが絵に詳しくないことがばれてしまう。お祖父ちゃんの祖父母が絵を好むということも気になる。

そんなことを悩んでいる間に約束の時間になってしまった。お祖母ちゃんはズボンをスカートに穿《は》きかえた。

やって来たお祖父ちゃんは正装こそしていなかったけれど、きちんとした礼儀正しい態度だった。野山のスケッチをすると言って出てきたそうで、手にはお祖母ちゃんのよりも高価そうなスケッチブックを持っていた。

お祖母ちゃんはお祖父ちゃんをなるべく汚い部屋の近くを通らないようにして、応接室に案内した。ちょっとしたお菓子とお茶を用意していたんだ。

だいたい一時間ぐらいだったかしら、お祖父ちゃんとお祖母ちゃんは互いの家族のことや好きな本のことなどを話し合った。それでもうすっかり打ち解けてしまったんだよ。とても気の合うこともわかったし、口にこそ出さなかったけれど、あの時お祖父ちゃんは結婚することを決心していたんだよ。

話は尽きなかった。でも、いつまでもそうしているわけにはいかない。お祖母ちゃんはお祖父ちゃんの絵を描くと約束していたんだからね。応接室を出ると今度はお祖父ちゃんをアトリエに案内した。

絵描きさんのアトリエって、思ってたよりもすっきりしているんですね、とお祖父ちゃんは部屋の中を一目見て言った。

他の画家のアトリエを見たことがあるの、とお祖母ちゃんは内心の動揺を隠して言った。

いいえ。ただ、映画とか小説だとかで勝手に頭の中にイメージを作ってただけです、とお祖父ちゃんは恥ずかしそうに答えた。

あら、そうなの？　でも、本当にこのアトリエはさっぱりしている方かもしれないわよ。きっと、わたしの性格を反映しているのね、とお祖母ちゃんは微笑みかけた。

モデルってどうしていればいいんですか？　じっと、固まっていなくちゃいけないんですか、とお祖父ちゃんは少しだけ不安そうに尋ねた。

ううん。ちょっとぐらい動いたって大丈夫よ。

よかった。僕じっと立っていると、立ち暗みを起こすことがあるんです。もっと、運動した方がいいのかな、とお祖父ちゃんは少し気落ちした雰囲気で言った。

そんな心配することとなんかないわ。わたしだって、昨日、眩暈を起こしてたでしょ。誰だって、立ちっぱなしでいたら、気分が悪くなるのは当たり前だわ、とお祖母ちゃんは励ますように言った。

立ちっぱなし？　昨日は僕の家の前に長い時間立ってたんですか？

いえいえ。そうじゃないのよ。立ちっぱなしっていうのはわたしのことじゃないの。あなたがモデルで立ちっぱなしになることを言ってたの、とお祖母ちゃんはごまかしにもならないことを言った。

そうそう。隣の部屋に椅子があったはずだわ。ちょっと待っててね、とお祖母ちゃんは悪戯《いたずら》っぽく笑ってアトリエを出た。

重たい椅子だったので、本当はお祖父ちゃんに手伝ってもらいたかったんだけど、物置の中は蜘蛛《くも》の巣だらけでとても見せられたものじゃなかったんだよ。もうそれは酷いもので、空気よりも蜘蛛の巣の方が多いぐらいだった。

蜘蛛の糸がからんで繭《まゆ》のような椅子を漸《ようや》く引っ張り出した後、竹箒《たけぼうき》で、蜘蛛の巣と座った人が埋もれそうな埃を払うのに、たっぷり五分はかかってしまった。さすがにお祖父ちゃんも痺《しび》れをきらしたのか、心配になったのか、ドアを開けて出てきてしまったよ。

あ、すみません。気が付かなくて、手伝いましょうか、とお祖父ちゃんは親切に言ってくれた。

あら、ごめんなさい。簡単に運べると思ってたんだけど。

お祖父ちゃんは椅子に手をかけた。

うわ!!

お祖父ちゃんは物凄《ものすご》い悲鳴を上げた。

どうかしたの、とお祖母ちゃんは問い掛けた。

く、蜘蛛です。椅子の裏側に蜘蛛がいたんです。僕の手を伝って逃げていった。

お祖父ちゃんの手にはべっとりと蜘蛛の糸が絡まっていた。よく見ると可愛らしい子蜘蛛がびっしりと糸に張り付いていて、もぞもぞと蠢《うごめ》いてたよ。

お祖父ちゃんもそれに気が付いたようだったけど、今度は悲鳴も出なかった。ふらふらとその場にしゃがみ込んでしまった。

あら、大丈夫ですの、お祖母ちゃんは優しく尋ねた。

すみません。本当にすみません。僕、男のくせにだめなんです。蜘蛛も蛇も。

あらあら。おかしい。でも、いつまでもしゃがんでては余計に疲れるわ。どうぞ、この椅子にお座りなさい。

お祖父ちゃんは言われるがままに一旦《いったん》椅子に腰をおろしたけれど、次の瞬間弾《はじ》かれたように椅子から飛び上がった。そして、そのまま勢い余って前のめりに倒れてしまったんだよ。

今度はどうしたの？

お祖父ちゃんは黙ってズボンのお尻《しり》にくっついている拳《こぶし》ほどもある潰《つぶ》れた蜘蛛を指差した。

おやおや。今日は災難続きね。ズボンも穿きかえなきゃならないし、今日はこれでおしまいにして、また明日来ていただくというのはどうかしら？

お祖父ちゃんにはかわいそうだったけど、お祖母ちゃんは少し嬉《うれ》しかった。もし、その日の内に絵が完成してしまったら、会うための口実がなくなってしまう。でも、絵を描くのを次の日に延ばせば、またお菓子を食べながらのお喋《しゃべ》りからやり直すことができるものね。

じゃあ、そうさせてもらいます。今日は本当にすみませんでした。ごちそうしていただいただけで、何の手助けにもなりませんでした、と言うとお祖父ちゃんは気落ちした様子で帰っていった。

お祖父ちゃんを見送ったら、なんだか、ふっと力が抜けてそのまま、玄関に座り込んでしまった。考えてみたら、その前の日にお祖父ちゃんの家の前で倒れたのは、きっと日射病だったんだろうし、その手当てもせずに徹夜したんだから、くたくたになっていても不思議じゃあなかったんだよ。

気が付くといつのまにかお祖母ちゃんは玄関で眠り込んでしまってた。真っ暗だったけれど、白く細い蜘蛛の糸がお祖母ちゃんの体にまとわりついて、きらきらと光っていた。

明かりを付けて時計を見ると、夜の二時過ぎだった。

目をつぶると、昼間見たお祖父ちゃんのことが映画のように再現できた。初めて道で出会ったこと。家の前で助け起こされたこと。応接間での楽しい会話。アトリエの中の二人。そして、廊下での小事件。

やがて、映画は終わってしまった。お祖母ちゃんは懸命に続きを見ようとした。映画はつっかえながらも、進み始めた。二人の恋はぎこちなく進んでいく。そして……夏は終わる。

次の日の朝、お祖母ちゃんは薬局に出かけたんだよ。

……おや？　舞ちゃん、お眠かい？　お祖母ちゃんのお話、わからないからかい？　でも、もう少しだから、我慢して聞いておくれよ。目をつぶっていていいから。うとうとしていてもいいから。

昼過ぎになると、お祖父ちゃんはやって来た。前の日と同じように応接室でお菓子を食べた後、アトリエに入って、今度はちゃんと絵を描き始めた。

お祖父ちゃんをじっと見た後、キャンバスに目を移すとお祖母ちゃんにはもう完成したお祖父ちゃんの絵が見えていた。だから、自分の仕事はとても簡単に思えた。ただ、見えている絵をなぞればいいはずだった。

コンテをキャンバスに当てる。途端にその点からお祖父ちゃんの絵は揺れ動き崩れ出した。ちょうど、水面に流した墨に指を突っ込んだみたいだった。

慌ててコンテを離すとお祖父ちゃんの絵はまたゆっくりと戻ってくる。

今度こそ崩れないように、時間をかけて、固まるのを待つ。

お祖父ちゃんは不思議そうに、じっとキャンバスを睨《にら》むお祖母ちゃんを見ている。

十分もたった頃、もう一度コンテをキャンバスに触れさせる。

途端に絵は崩れる。

お祖母ちゃんは悲鳴を上げた。

どうしました?! どうしました、とお祖父ちゃんはおろおろした。

なんでもないんです。ただ、逃げていってしまったのが残念で、とお祖母ちゃんは答えた。

そうですか。なんでもないんですか。それならいいんです、とは言ったけれどもお祖父ちゃんは納得していない様子だったよ。

冷や汗が出てきた。どうして、絵を描くのがこんなに難しいのかわからなかった。

お祖父ちゃんはじっとしている。

ええい。ままよ、と心の中で唱え、さっと線を引いた。

線は醜く歪《ゆが》んだ。

お祖母ちゃんはその線を無視して、別の線を引いた。二つの線は不様に交わった。

三本目の線を引く。

その段階で絵は失敗と決まってしまったんだよ。自分でもわけがわからなかった。たった三本の線を描いただけなのにその線がこれほど醜悪なからみかたをするのはほとんど奇跡といってもよかった。

お祖母ちゃんはキャンバスを投げ捨てた。

お祖父ちゃんは目を丸くした。

ごめんなさい。おどろいちゃった？　描き始めで悩むのはわたしの癖なの。このキャンバスはけちがついちゃったから、新しいのに替えるわね、とお祖母ちゃんはその場を取り繕った。

新しいキャンバスにはちゃんとお祖父ちゃんの姿が浮かび上がっていた。お祖母ちゃんは安心してコンテを使う。お祖父ちゃんの絵は砕け散る。

お祖母ちゃんはなんとか悲鳴を押さえた。無言でキャンバスを別の新しいものと取り替える。

お祖父ちゃんはそわそわし出した。

キャンバスの上にはきれいな姿がある。そして、崩壊。ちらりと、お祖父ちゃんを見る。じっと、一挙一動を窺《うかが》っている。もうキャンバスは替えられない。

お祖母ちゃんは歯を食いしばって描き続ける。一描きごとに痛みが胸を襲う。キャンバスの上のお祖父ちゃんの姿は見る影もない。ただ醜悪な線の重なりが増えていく。歪んだ不安の像が広がる。吐き気がする。涙が溢《あふ》れそうになる。

自分には絵の才能があるはずなのに、愛《いと》しい人がこんなに近くにいるのに、どうしてその姿を描くことができないの？

お祖母ちゃんは苦痛に耐えながら描き続けた。

どうかしましたか？　随分苦しそうですが、とお祖父ちゃんは声をかけてくれた。

お祖母ちゃんは苦しさのあまり返事をすることもできない。ただただ、お祖父ちゃんに絵が描けないと悟られたくないためにどうしようもならなくなったものに描き加え続けた。やがて、キャンバスの中におぞましい姿が現れた。

お祖母ちゃんはキャンバスに布をかけた。

ごめんなさい。集中力が続かないの。本当に迷惑をかけるけれども、もしよかったら、明日も来てくれないかしら？

いいえ。僕ならいいんです。幾日かかったって、構うことはないですよ、とお祖父ちゃんは慰めてくれた。

それから、毎日お祖父ちゃんはやって来てくれた。

お祖母ちゃんは毎日キャンバスに描き続けた。だんだんと妖怪《ようかい》じみたものが形をなしてくる。

お祖父ちゃんはなんとか絵を覗《のぞ》き込もうとしたけれど、お祖母ちゃんは隠し通した。

壁の下の方を見てごらん。女の子と男の子が向き合っている絵がある。女の子は男の子を見ながら、絵を描いている。ああ、だけどキャンバスの中の絵はなんと胸糞悪《むなくそ》いんだろう。この絵のここを見ると今でも憂鬱《ゆううつ》になる。

僕の絵を一度見てもらえませんか？　自分ではなかなかよくできているとおもうんですが。ほら、このスケッチブック、何も描いてないと、家の人が不審に思うといけないので、毎日家に帰るまでに少しずつ描きためているんです、とお祖父ちゃんはある日アトリエに行く前にお菓子を食べながら頼んできた。

ええ。いいわよ。どんな絵かしら？

それは本当に素晴らしい絵だったよ。技術的にはたいしたことはなかったのかもしれないけど、描き手の心がそのまま色鉛筆に込められて画用紙の上に広げられたような絵だった。小川のせせらぎ。のどかな田園。草深い野原。聖なる森。白い雲。遠く青い山。朱《あか》い月。さえずる小鳥たち。絵を見た瞬間、それを描いているお祖父ちゃんの姿を含んだ情景全体が頭の中に飛び込んできた。

お祖母ちゃんはうっとりしたけれど、心のどこかに押さえることができない感情が渦巻いていたよ。

そうね。素人にしてはうまい方だわ、とお祖母ちゃんは言った。

そして、心の中で考え続けた。

どうして、子供にこんな絵が描けるのかしら？　どう考えてもわからない。本当なら、これはわたしが描くべき絵だわ。きっと、この子の中には不思議な色がいっぱいつまっているのね。この子の中身は全部不思議な色なのね。それが本当のあなたなのね。

やっぱり、だめでしょうか？

ううん。だめなんかじゃないわ。ただ、才能を伸ばすにはちゃんとした先生につくことが必要なの。

ちゃんとした先生？

自己流では所詮《しょせん》限界があるわ。そうね。もし、よかったらわたしが先生になってあげてもいいわ。

だめなんです。僕は帰らなくてはならないんです、とお祖父ちゃんは首を振った。

帰る？　夏はまだ終わらないのに？

僕の夏は終わるんです。本当はまだ言わないつもりでした。帰るのは明後日なので、明日ご挨拶《あいさつ》するつもりだったんです。

その日の絵は今までの中でももっとも酷《ひど》いことになってしまった。キャンバスの上には見るものすべての気を滅入らせる人物がいた。本物のお祖父ちゃんには微塵《みじん》も醜悪さはない。でも、その絵は醜悪さだけからなっていた。

……舞ちゃん、もうすぐこのお話はおしまいになるよ。耳を澄ましてよおく聞くんだ。

次の日、お祖母ちゃんがお祖父ちゃんに出したケーキは少し不思議な味がしていたんだけど、お祖父ちゃんは気が付かないようだった。

そして、アトリエに入るとお祖父ちゃんは大きな欠伸《あくび》をした。

あらあら。そんなに退屈？

いいえ。そういうわけではないんですが、つい出ちゃいました。……あの、今日も一つお願いがあるんですけど、かまいませんか？

あら。また絵を見せてくれるの？

昨日は僕の絵を見てもらいましたけど、今日は違います。その反対なんです。その絵を――僕がモデルになっている絵を是非見せて欲しいんです。

嫌！

どうしてですか？　自分がどういうふうに見られているか、知りたいんです。

お祖父ちゃんは立ち上がって、こちらにやって来る。お祖母ちゃんは自分の体を盾にして、絵を隠そうとした。

お祖父ちゃんはそんなお祖母ちゃんのことをふざけていると思って、にこにこしながら、キャンバス台を揺すった。

だめ！　絶対にだめ!!

お祖母ちゃんは泣きながら懇願したけれど、お祖父ちゃんはそれも演技だと思い込んでいるようだった。

お祖母ちゃんは服が汚れるのも気にせず、キャンバスを抱きしめた。

突然、キャンバスを揺する力がなくなった。お祖父ちゃんはがくんと膝《ひざ》をついた。

その拍子にキャンバスはお祖母ちゃんの手から滑り出し、床に倒れた。

ああ気分が悪い、とお祖父ちゃんは口走った。

お祖母ちゃんは絵を隠そうと跪《ひざまず》いた。

お祖父ちゃんの目が絵を捕らえるのが一瞬早かった。

いったいこれは……

お祖父ちゃんは手で顔を覆った。

これが僕のはずはない。これはまるで……まるで……悪夢のようだ。

舞ちゃん、壁の隅に描いてあるのがこの絵の中で一番悲しいところだよ。床に倒れた茶色くて汚い絵を挟んで絶望する女の子と怯《おび》える男の子がいるだろう。

僕をからかってたんでしょ。ねえ、そうでしょ、とお祖父ちゃんは懇願するように言った。

お祖母ちゃんは首を振ることもできなかった。お祖父ちゃんの目が怖くて、目をつぶった。

じゃあ、全部嘘だったんですね。画家だっていうのも、僕にお礼がしたいというのも。これだったら、僕の方がよっぽどうまいじゃないですか！

お祖父ちゃんは驚いて後退《あとずさ》りをしかけて、そのまま転んでしまった。そのまま立ち上がろうともがいている。ふらついて、どうしても起き上がれないようだった。

変だな？　体がだるくてしかたがない。目が回る。それに眠い。息苦しい。

わたしたちは恋人どうしなのよ。結婚するはずだったじゃない。

僕たちが結婚？　それも何かの冗談ですか？

お祖父ちゃんはきっと嘘をついていたんだよ。どうして、そんな嘘を言ったのかは知らないけど、最初に結婚を決意したのはお祖父ちゃんだったんだからね。ひょっとしたら、お祖父ちゃんはお祖母ちゃんが画家でないと知って、少しだけ混乱してしまったのかもしれないねぇ。

あなたにはゆっくり休んでもらおうと思って、お菓子にお薬を入れておいたから、無理をせずに、おやすみなさい。

お祖父ちゃんは驚いたような顔をした。どうして、お祖母ちゃんがそんなことをしたのか、わからなかったからだろう。でも、お祖母ちゃんにはちゃんと考えがあったんだよ。その日、帰してしまったら、次にはいつ会えるかもわからない。でも、幸いなことにお祖父ちゃんはお祖母ちゃんのことを家族に話していない。もちろん、この家にお祖父ちゃんが入っていくのを誰かに見られていないとは言い切れない。ただ、他の家からはかなり離れているから、わざわざ尾行でもしない限り、家に入るところを見られるはずはない。田舎道を歩く少年の後をつけようだなんて了見を持つ人物はこの村にはいそうもなかった。お祖父ちゃんとお祖母ちゃんを結び付けるようなものは何もなかったんだ。だから、思いきって、計画を立てたんだ。

お祖父ちゃんは真面目な人だから、いくら引き止めても親のいいつけを守って、自分の心に逆らってまで帰ってしまうことはわかっていた。こうするしかなかった。この方法なら、見掛け上、お祖母ちゃんが一方的にやったことになるから、お祖父ちゃんは自分の責任を感じなくてすむ。良心の呵責《かしゃく》を感じずに、心の欲することができるというわけだよ。お祖母ちゃんの方は愛するものが一緒にいることのためなら、道徳だろうが、法律だろうが、気にしていなかったことだし。

お祖母ちゃんは何時間もかけて、このアトリエにベッドを運び込んで、その上にお祖父ちゃんを乗せた。手足はロープで堅く縛った。そして、入り口に鍵《かぎ》をかけて、自分の部屋で可愛いドレスに着替え、それから食事の用意をしに台所に行ったよ。

勘違いしないでおくれよ。縛ったり、鍵をかけたりしたのは、お祖父ちゃんのためを思ってのことだよ。そうしておけば、この家から逃げ出さない理由ができるだろ。もし、縛らないでおいたら、お祖父ちゃんは本当はこの家でお祖母ちゃんと暮らしていたいのにも拘《かか》わらず、逃げ出さなくてはいけないからね。

料理を持ってアトリエに戻ると、お祖父ちゃんはまだ眠っていた。

ちょっと恥ずかしいけれど、言ってしまおうかね。お祖母ちゃんはお祖父ちゃんにキスをしたんだよ。お祖父ちゃんはぐったりとして、目を覚ましもしなかったけれど、お祖母ちゃんはそんなことはおかまいなしに、お祖父ちゃんの口の中を舐《な》めまわした。

三十分もそうしていると、お祖父ちゃんは息苦しくなったのか、咳《せ》き込み始めた。それでも、お祖母ちゃんはキスをやめなかった。

酸っぱいものがお祖父ちゃんの喉《のど》の奥から噴き出してきた。二人の顔の間から、ベッドの上に流れていくのを、お祖母ちゃんはうっとりと眺めた。

突然、お祖父ちゃんは激しく体をくねらせ、お祖母ちゃんを弾《はじ》き飛ばした。

いったい、何をしているんですか、とお祖父ちゃんは力なく言った。

お祖母ちゃんはドレスの汚れを手で拭《ぬぐ》いながら立ち上がり、お祖父ちゃんに微笑んだ。

お食事をお持ちしたわ。

お祖父ちゃんはお祖母ちゃんの言葉を聞いていなかったようだった。

すみません。このロープをほどいてくれませんか？　手も足も痺《しび》れて感覚がなくなってるんです。

だめよ。ロープをほどいたりしたら、あなたは出て行かなくてはならなくなるもの。

そうです。僕は行かなくてはならないんです。うちに帰らなければ……。ああ、なんだか、気持ちが悪い。

それはきっとお薬のせいよ。ぐっすりと眠ってもらうために、普通より何倍も多めに飲んでもらったもの。

お祖父ちゃんは呻《うめ》き声を上げた。

それより、お食事はいかがかしら？　一生懸命作ったのよ。

気持ちが悪い。何もかも歪《ゆが》んでいる。耳鳴りが酷《ひど》い。この臭いは本物なのか、幻覚なのか？　ああ、息ができない。お願いです。僕をお医者さんに連れていってください。

ふふふ。何を言ってるの？　お医者になんか行ったら、あなたがここにいることが知られてしまうじゃないの。

僕は帰りたいんです。

あらあら。そんな嘘までつくなんて、あなたって、本当に真面目なのね。でも、もう帰らなくてもいいのよ。今日からはここがあなたのおうちだもの。

なんのことを言っているんですか？　今は何時ですか？

時間のことなんか気にしなくてもいいのよ。だって、わたしたち二人は結婚したんだから。

お祖父ちゃんはまた呻くと、激しく咳き込み出した。

大丈夫？

お祖母ちゃんはお祖父ちゃんの背中をやさしく擦《さす》った。

電話をかけさせてください、とお祖父ちゃんは消えそうな声で言った。

もちろん、お祖母ちゃんはかけさせたりはしなかったよ。

それから、二人の新婚生活が始まった。

お祖父ちゃんは二人が夫婦だということが理解できない振りをずっと続けていたけれど、そんなことはたいして問題じゃなかった。

気掛かりなことと言えば、お祖父ちゃんがいっさい何も食べないことだった。お祖母ちゃんがどんなに腕によりを掛けてお料理を作っても、お祖父ちゃんは吐き気がすると言って、口にしなかった。無理に口に押し込んでも、すぐにもどしてしまうし。だから、お祖母ちゃんははやくお祖父ちゃんに治ってもらうため、お薬をたっぷり溶かしたお水をお祖父ちゃんの口に流し込み続けたよ。

お祖父ちゃんはどんどん痩《や》せていった。言葉もどんどん不明瞭《ふめいりよう》になっていくし、目はいつもとろんとしていた。いつも居眠りしていて、お祖母ちゃんが呼び掛けた時だけ、目を覚ますようだった。

時々、思い出したように、助けてくれ、とか、手と足が切り取られたように痛いとか、叫ぶこともあったけど、叫んでいると思っているのはお祖父ちゃんだけで、本当は蚊の鳴くような声だったから、外に聞こえる気遣いは全然なかったよ。

お祖父ちゃんとの新婚生活は人生の中でも最高の時期だった。

この絵を見てごらん。本当に幸せそうだろ。ベッドの上に寝ている男の子がお祖父ちゃんだよ。ほら、ちゃんと手と足の先が腫《は》れ上がっているのがわかるだろ。その横でかいがいしく世話をしているひらひらがいっぱいついているドレスを着ている女の子が新妻のお祖母ちゃんさ。

新婚二週間目のことだった。アトリエに入ると、お祖父ちゃんはいなかった。ベッドの上には血が付いたロープが置いてあった。きっとあんまり瘦せ細ったので、手が抜けるようになったんだろうね。

お祖母ちゃんは慌てて、アトリエを飛び出した。お祖父ちゃんの居場所はすぐにわかった。アトリエに入る前には気が付かなかったんだけど、廊下に小さな血の跡が点々と付いていたんだよ。お祖父ちゃんはアトリエの隣の物置部屋に隠れてた。ドアを開けると、蜘蛛《くも》の巣を通して、ぼんやりと床に横たわる三つの人影が見えた。どれがお祖父ちゃんかはすぐにわかった。啜《すす》り泣きをしながら、体を震わせていたからね。

お祖母ちゃんはお祖父ちゃんの足を摑《つか》んで部屋から引きずり出した。お祖母ちゃんの手には血膿《ちうみ》がべっとりと付いたけど、大好きなお祖父ちゃんのものだから、全然気にならなかったよ。

ああ、なんてことだ。あれは幻なんかじゃない。蜘蛛の幼虫に塗《まみ》れていた。干からびていたけれど、あれは確かに人間だ、とお祖父ちゃんは涙を流しながら呟《つぶや》いた。

ごめんなさい。本当はもっと早く両親に会わせなきゃならなかったんだけど、ほら、うちの親って、ちょっと変わっているから、とお祖母ちゃんは素直に謝った。

僕の手足はもう腐り始めている。切断しなくてはいけないかもしれないんだ、とお祖父ちゃんは自分の紫色に腫れ上がって形がわからなくなった手を見ながら言った。

大丈夫よ、あなた。わたしがお薬を飲ませてあげるから、すぐに治るわ。そんなことよりも、嬉《うれ》しいニュースがあるのよ。

ああ、いったい何が嬉しいというんですか、とお祖父ちゃんは白目を剝《む》いた。

赤ちゃんができたのよ。わたしたちの最初の子供よ、とお祖母ちゃんは恥ずかしかったけれど、思いきって報告した。

そんなことはありえない。絶対、そんなことはない。……でも、僕もう、どうでもよくなってきたよ、とお祖父ちゃんも少し照れて言った。

さあ、ご褒美にキスをして、とお祖母ちゃんはお祖父ちゃんの頰に手をかけた。

僕に手を触れないでください、おばさん。

お祖母ちゃんは悲鳴を上げた。

おばさん、て何よ?! 誰のことよ?!

お祖父ちゃんは目をつぶって返事をしなかった。

お祖父ちゃんがこんな酷いことをいうなんて信じられなかった。手で顔を覆うと、首筋から胸に愛《いと》しいお祖父ちゃんの血液が垂れていくのがわかった。

しばらくそうして、お祖父ちゃんの姿を見ているとだんだん冷静になってきた。

わかったわ。これは本当のあの人ではないのよ。そういえば、ずっと様子がおかしかった。朦朧《もうろう》としているし、まともに喋《しゃべ》ったり、歩いたりもできない。お薬だってちゃんと毎日、とってもたくさん飲んでいるのに治らないなんて、絶対おかしいわ。やっぱり、この人は本物ではないのよ。じゃあ、本当のあの人はいったいどこに？お祖母ちゃんはあちこちを見回して、アトリエの隅に立て掛けてあったお祖父ちゃんの持ってきたスケッチブックに目が止まった。

だけど、この素晴らしい色は確かにこの人が描いたものだわ。偽者にこんな色があるはずもない。……ああ、そうだったのね。やっとわかったわ。この体は本当のこの人ではないのよ！　この人の中に隠れている色があるのよ。その色こそが本物なのよ！　本当のわたしの夫なのよ！　ねえ、そうなんでしょ？

ああ、そう思うなら、それでいい、とお祖父ちゃんはやっと素直に答えてくれた。お祖母ちゃんはアトリエの中までお祖父ちゃんを引き摺《ず》っていった。お祖父ちゃんはもう声を出さずにため息をつくだけだった。

それから、お祖母ちゃんは台所に包丁を取りに行った。本当のお祖父ちゃん――お祖父ちゃんの色を解放するにはまず偽の体を切り開かなくちゃならないからね。

胸からおなかにかけて、すっと切り開いた。

お祖父ちゃんは小さく呻いて、体を少し曲げた。でも、それ以上は何もしなかった。

やっぱり思っていた通りだった。お祖父ちゃんの体の中にはいっぱい色が隠れていた。おなかの皮一枚下に目のさめるような赤と白があった。指で押さえるとぴくぴく動き、さらに赤が染み出した。

それから、お祖母ちゃんは本当のお祖父ちゃんを助けたい一心で、どんどんお祖父ちゃんを切り開いていった。おなかの中も、手の中も、足の中も、顔の中もきれいな色でいっぱいだった。青や緑や黄色や黒もあったけれど、ほとんどは赤と白だった。きっと、これはお祖父ちゃんの情熱と誠実さの象徴だったんだろうね。

その時、お祖母ちゃんは素晴らしいことを思い付いた。お祖父ちゃんの色で絵を描けばいいことに気付いたんだよ。今までどうしてもお祖父ちゃんの絵をうまく描くことができなかったのはお祖父ちゃんの色がお祖父ちゃんの中に隠れていたからなんだ。直接、お祖父ちゃんの色を使って絵を描けばそれはきれいな絵になるはずだよ。

お祖母ちゃんは台所から持ってきたおろし金で、お祖父ちゃんの中で動いている暖かい色の塊を少しずつとってはすりつぶし、絵の具を作っていった。

絵の具が溜《た》まると絵を描き、なくなるとまたお祖父ちゃんから色をとって、絵の具を作る。

そうやって描いた絵が今、舞ちゃんが見ているこの絵だよ。

曾《ひい》お祖父ちゃんと曾お祖母ちゃんから自由になった日。お祖父ちゃんに初めて会った日。アトリエでのデート。結婚式。そして、新婚生活。お祖父ちゃんの色からは止めどもなく、情景が生み出されていく。中でも、一番力が入ったのは、真ん中に一番大きく描いてあるところだよ。そう。この絵そのものを描いているお祖母ちゃんと色を出しているお祖父ちゃんだよ。

この絵は本当に不思議なんだよ。絵の中でお祖母ちゃんが絵を描いていて、その描いている絵の中でもお祖母ちゃんは絵を描いている。どこまで行っても絵を描いているんだ。

それだけじゃない。どんどん小さくなる絵全部に、お祖母ちゃんとお祖父ちゃんの物語も全部描いてあるんだ。もう見えなくなるまで描き込んである。きっと、虫眼鏡で見ても、顕微鏡で見ても、いつまでも続いているんだろうね。お祖母ちゃんは自分で描いたんだけれど、どうやって描いたのか思い出せないんだよ。

絵を描いている途中で、お祖父ちゃんの体は動かなくなり、冷たくなっていった。どういうことかわかるかい？　お祖父ちゃんはね、絵になったんだよ。だから、今ではこの絵がお祖父ちゃんなんだよ。

この絵は不思議な絵でね。描いてからも、不思議なことがいっぱいあった。お祖父ちゃんの抜け殻がなくなってしまったことも不思議だった。それから、村の人たちがどうやら誰もお祖父ちゃんのことを覚えていないらしいことも。

でも、そんなことはみんなお祖母ちゃんの思い過ごしかもしれない。あのお祖父ちゃんの泊まっていた家を訪ねてみれば、はっきりしたんだろうけど、お祖母ちゃんはなんだか、その勇気がなくてね。

結局、お祖母ちゃんはこう思うことにしたんだ。お祖父ちゃんは絵になったから、偽の体はいらなくなった。そして、偽の体の営んできた偽の生活も思い出もいらなくなった。だから、偽者は全部消えてしまったんだ。この絵だけが――この絵に描かれた思い出だけが本物だった。お祖父ちゃんはこの絵の中に――本物の思い出の中に帰っていった。そういうことだったってね。

お祖母ちゃんはそれからずっと、この絵になったお祖父ちゃんと暮らしてきた。やがて、舞ちゃんのお母さんを生んで、お母さんも大好きな人を見つけて舞ちゃんを生んだ。

ええ。お祖母ちゃんは曾お祖父ちゃんとは違う。お母さんの結婚には全然反対しなかったよ。まだ、お祖母ちゃんは舞ちゃんのお父さんには会ったことはないけれど、お母さんが好きになったんだから、きっと素敵な人なんだろうと思うよ。

ああ、この絵は本当に不思議な絵だよ。あんなにきれいだったのに今ではすっかり、茶色一色になってしまった。

おや？　舞ちゃん！　舞ちゃん！　どこに行ったんだい？　また、隠れんぼかい。困った子だねぇ。

……おや、舞ちゃん、こんなとこにいたのかい。そうかい。舞ちゃんも帰ってしまったんだね。お祖父ちゃんの絵の中に。
ああ、この絵は本当に不思議な絵だよ。

（角川ホラー文庫『家に棲むもの』に収録）

シュマシラ

澤村伊智

食玩《しょくがん》、と称される玩具がある。平たく言えば菓子に付いたオマケだ。テレビの特撮番組やアニメのキャラクターの食玩もあれば、恐竜や猛獣、深海生物といった実在の生物の食玩もある。建造物や車の食玩も当然ある。それぞれに根強いマニアがいるし、食玩なら何でも集める人間も、特定のメーカーの食玩のみ集める人間もいる。コレクターと呼ばれる人々だ。

彼ら彼女ら一人一人のルールやこだわりを聞くのは大変興味深いが、油断すると逆鱗《げきりん》に触れるので注意が必要だ。社会人になったばかりの頃、グリコの食玩コレクターの先輩に何気なく「オマケもこんなに種類があるんですね」と言ったところ、「オマケじゃない、おもちゃだ。江崎《えざき》グリコ株式会社はオマケという呼称を使わない」と、鼻息も荒く訂正されたことがある。

私はマニアでもコレクターでもない。彼ら彼女らの情熱には尊敬の念を覚えるが、自分もやってみようと思ったことは一度もない。というより、蒐集《しゅうしゅう》という行為は意図してするものではないのだろう。気が付いたら蒐集している。夢中で買っていたら結果的に蒐集していた。きっとそういうものだ。

だから私は初めの一歩すら踏み出す資質に欠けていることになる。

そんな私でも一つだけ、熱心に集めていた食玩があった。小学生の頃に近所のスーパーで売っていた、「スーパージョイントロボ」というロッテの食玩オリジナルのシリーズだ。

時期は一九九一年か九二年頃だろう。

シリーズ自体は七〇年代から続いており、数年ごとにリニューアルしていたようだが、私が触れた当時は高さ十センチに満たない簡素なプラモデルだった。善玉のロボットが五体、悪玉が五体。四角い箱の中にはプラモデルの他に角丸正方形の厚紙が入っており、表にはロボットのイラストが、裏には組み立て図が描かれていた。菓子は特に美味《おい》しくもない、クリーム色の板ガム一枚のみ。

鮮明に記憶しているのは悪玉ばかりで、善玉はほとんど覚えていない。悪玉はいずれも動物をモチーフにしており、例えば「キングオロチ」というロボットは、組み立てるとこんな形態になる。

生物的なデザインの甲冑《かっちゅう》を身に纏《まと》った、蛇面人身の屈強な怪物、といった出で立ち。首を伸ばすと根元から、ロボット然としたもう一つの顔が現れる。第二の顔は蓄光素材でできており、光に当ててから暗闇に持ち込むとぼんやり光る。

顔が光るギミックには正直さほど惹《ひ》かれなかった。私が魅力を感じたのはロボットの顔が出てくる点だ。きっと顔が現れた時の方が「強い」形態なのだ、と想像を膨《ふく》らませた。他の悪玉ロボット「クラブバード」「ザイラーマークⅢ」「ゴングバロン」「クワガタラン」も同様の可変ギミックが仕込まれており、私は彼らを変形させて善玉と戦わせ、無数の物語を紡《つむ》いだ。悪玉内で序列や相関関係を設定し、友情や裏切りのエピソードも実演した。

今と違ってインターネットもなく、公式設定やバックグラウンドストーリーをすぐには調べようがなかった時代。手がかりは厚紙に描かれた、火を噴いたりポーズを決めたりするロボットたちのイラストだけ。少なくとも当時の私にとって、スーパージョイントロボは空白だらけだった。だからこそと言っていいのか、私はその空白を埋めるかのように、自由に好き勝手に妄想して遊んでいた。

そうした純粋な情熱は今はもうない。集めたプラモデルは上京する際全て捨ててしまった。物作りに携《たずさ》わることも、玩具メーカーや食玩製造会社に勤めることもしなかった。

現在の私は都内の建築会社に勤めるサラリーマンで、スーパージョイントロボで遊んだ経験を活《い》かす局面などあるはずもない。が、ふとしたきっかけで思い出し、人に話して聞かせることがある。同世代でもごく一部にしか通じない懐かしネタだが、意外なほど興味を示す人がたまにいる。仕事の話題以外は「とりあえず」野球か子供か夜遊びの話。そんなルーティンと化した雑談や酒席が多い中、スーパージョイントロボの話が弾《はず》むのは日常のちょっとしたアクセントだった。

しかし私はどこかで羽目《はめ》を外してしまったらしい。

社内の人間、あるいは取引先の相手が食い付いたことに気を良くして、熱く語ったことが幾度かあった。その多弁が巡り巡って愛好家の耳に届いたらしい。

ある休日の午後、熱心な食玩コレクター、柳《やなぎ》が我が家を訪れた。


「いやいや、これは失礼しました」

柳は広い額《ひたい》を叩いた。私より少し年上――四十代半ばくらいの、ひょろりとした男性だった。老舗《しにせ》の呉服屋を営んでいるという。服装は地味だが品がよく、高価なのは何となく察しが付いた。

私がコレクターでないと分かると、彼はすぐに早合点《はやがてん》そして突然の訪問を詫《わ》びた。どこかで伝言ゲームになったらしい。何度も謝る彼に私は言った。

「仕方ないですよ。この歳で独身で浮いた話の一つもないし、陰気な人間ですから。『筋金入りのコレクターに違いない』などと誤解した人がいてもおかしくない」

「いやあ、それはそれで失礼な話ですよ。偏見ですからね、偏見」

コーヒーを一口啜《すす》ると、彼は「ああー」と大きく息を吐いた。

「こちらこそ申し訳ないです。交換や売買ができなくて……」

「あ、違います違います」柳は頭《かぶり》を振って、「そういう目的で来たんじゃないんです。単に話を訊《き》きたかったからなんですよ。メールや電話で言うより間違いがないので。要するに情報収集と言いますか……もうね、藁《わら》にもすがる思いで来たんです」

「藁くらいお役に立てばいいですが」

ハハハ上手《うま》いこと仰《おつしや》いますな、と柳は笑いながら飴《あめ》色のブリーフケースに手を突っ込む。中から取り出したのは大型のタブレットだった。画面を叩いてこちらに差し出す。

映っているのは知らないロボットのイラストが描かれた、四角い箱だった。「ジョイントウォリアーズガム」とロゴが載っている。

「こちらですね、ちょうど太陽パワーメカロボシリーズが展開されてた頃に発売された、いわばバッタもんですね」

柳が説明する。「太陽パワーメカロボシリーズ」とは、私が熱中していた当時のスーパージョイントロボのシリーズ名だ。「バッタもん」つまり便乗商品であるところのジョイントウォリアーズは、カトドヤなる製菓会社が製造販売していたという。

「カバヤでもカドヤでもない、カトドヤです。胡散臭《うさんくさ》いですよねえ。当然、今現在はありません」

「ロッチみたいなものですか」

私たちは軽く笑い合い、本題に戻る。

続いて液晶に表示されたのは、素人《しろうと》目にも粗雑なプラモデルが、十体並んだ画像だった。本家も決して精巧とは言い難《がた》いが、これは更に酷《ひど》い。バランスが悪いのか、どれも直立できていなかった。

「どうせならこれも集めてみようと思いましてね。意外とすぐ揃いましたよ。ネットオークションと、後は中野のまんだらけで」

近所の有名なコレクターズショップの名前を挙げる。あそこなら大抵の物は揃うだろう、と納得していると、

「これはね、未確認動物、いわゆるUMA《ユーマ》をモチーフにしたロボットなんですよ」

「ほう」私は思わず声を上げた。懐かしい言葉に酩酊《めいてい》にも似た感覚を覚える。

「見た感じは分からないですよね。でもこの左端のロボットがネッシーをモデルにしたネッシラス、その隣はイエティラス、キャディウス」

柳は指差しながら名前を挙げていく。どうやら悪玉ロボットは海外のUMAを、善玉は日本のものをモチーフにしているらしい。パッケージの裏に全キャラクターの全身像と名前が書かれており、彼は時折その画像を開いて確認していた。

「それで、ですね」

九体まで名前を言ったところで、彼は殊更《ことさら》な間《ま》を置いた。こちらに目配《めくば》せすると、

「残り一体、この善玉が気になってましてね」

と、右端のロボットを指す。

他よりかなり小柄だが、手が極端に長い。背中には炎のような造形の突起が生《は》えている。光背《こうはい》だろうか。両肩にはミサイルらしき円錐《えんすい》形の出っ張り。顔には大きなゴーグル。

口は歯を剝《む》き出しにしていた。犬歯は尖《とが》り、ほとんど牙《きば》と言っていい。

「あっ、分かりました」

私は手を叩いた。

「これ、ヒバゴンがモチーフじゃないですか」

七〇年代に広島の山岳で目撃された、類人猿型UMA。町おこしのキャラクターになったほど有名だが、目撃例は永らく途絶《とだ》えているはずだ。久々に言葉にして不思議な高揚感と、気恥ずかしさを覚える。

「……と思いますよね。違うんです」

柳はここで表情を引き締めると、

「これ、シュマシラっていうんですよ。シュマシラ」

と言った。

シュマシラ――と、鸚鵡《おうむ》返しに口にしてみたものの、それらしいUMAは頭に浮かばない。記憶を振り絞っても出てこない。

「ね、分からないでしょ。かすりもしないでしょ」

すっかり砕《くだ》けた口調で彼が言い、私は「全然ですねえ」とつられて返す。日本で有名な猿あるいは類人猿型のUMAはそう多くない。私が知っているのは先に挙げたヒバゴンと、後はヤマゴンくらいだ。野人、と言いかけて中国のUMAだったことにすぐ気付く。

私は早々に降参した。

「創作じゃないですか。カトドヤの人がでっち上げた名前。つまり元ネタも何もない」

バッタもんの食玩に一つだけオリジナルがある、創意工夫の痕跡がある。それはそれで味わい深くて面白いだろう。

そう伝えると、柳はウウムと呻《うめ》いた。

「全くのオリジナル、というわけでもないんですよね。というのも由来らしきものはあったんです。UMAではないんですが」

「由来？」

「ええ」柳は画面を撫でる。白黒の古文書らしき画像データが現れる。すぐにピンと来た。

これは『山海経《せんがいきょう》』だ。

中国最古の地理書、というのが学術的な定義だが、地理のみならず伝承の類《たぐい》も多く記載されている。特に有名なのが辺境に棲まう生物たちの記述だ。実在するとは思えない、ユーモラスだったり奇怪だったりする生物たちは「妖怪」「幻獣」と呼ぶに相応《ふさわ》しい。

漢の時代に成立したらしいが、それよりずっと以前から加筆や改訂が重ねられたという。おそらくは当時の知識階級の人々も、伝え聞く妖怪の話に想像の翼を広げ、書き加えていったのだろう。自由に膨らませて遊んでいたのだろう。

柳は画像の文章を指でなぞりながら、

「ここにですね、朱厭《しゅえん》っていう獣のことが書かれています。猿に似て脚が赤い、ともね。その辺りから考えて、シュマシラはおそらく朱色の朱に猿で朱猿って書くんでしょう。マシラは猿の古い言い方です」

「ってことは、名前はここから」

「そもそもはね。でも直接じゃないはずです。中国の妖怪ですから」

タブレットを置くと、

「シュマシラ、あるいはそれに近い名前で呼ばれていたUMAが、日本のどこかにいたんじゃないかと思うんです。ごく一部の地域で目撃されていた未確認動物が、『山海経』に因《ちな》んだ名前で呼ばれていた。それがこのジョイントウォリアーズの名前になった。私はそれを確かめたくてこうしてうかがったんです。何かご存じじゃないかと思いましてね」

彼の性《さが》なのだろう。所有欲が物品のみならず情報にまで向けられている。モノを蒐集するだけでは飽き足らず、それが何であるか、どういう経緯で製造販売されるに至ったのか、把握しておかなければ気が済まないのだ。

彼の心理は理解できなくもなかった。むしろその真剣さに敬意すら抱いた。

しかし。

「……すみません。やっぱり藁くらいの役にも立ちませんでしたね」

私は心の底から詫びた。興味深い話ではあるが自分は何の力にもなれない。とんだ無駄足を踏ませてしまった。

「とんでもない」

柳は再び笑顔になると、

「これでシュマシラが気になる人が一人増えました。お顔を見たら分かります。気付いたり、思い出したり、調べて分かったことがあったら是非教えてください。お代はお支払いします」

屈託なく言った。

巻き込まれた、唆《そそのか》されている。そう思ったが少しも腹は立たなかった。

お代は幾らくらいだろう、という下心も湧いていた。

そして柳の言うとおり、シュマシラが気になっていた。


「何とかロボの次は未確認動物かよ」

私は同僚や友人たちにそうからかわれるようになった。子供じみているのは承知だったが、興味を抱いてしまった以上仕方がない。それに私ができることは周囲に訊くことくらいしか残っていなかった。問い合わせるべき筋、目立った識者には、既に柳が連絡していたのだ。

ネットのUMAコミュニティの掲示板、および管理人。

この手の記事を雑誌に寄稿し、著作を刊行している熱心な「専門家」「研究家」。

いずれも「知らない」「調べてみる」と返事があったきりで、続報はないという。

菓子の箱や厚紙にクレジットは記載されておらず、製作に携わった人間を突き止めることはできないそうだ。だから私なんかに話を訊きに来たのか、と合点が行った。

私と柳は時折連絡を取り合い、進捗《しんちょく》を確認した。もっとも実際のところは「進んでいない」と最初に互いに報告し、後の数十分は食玩に関する雑談をするだけだったが。

事態が動いたのは柳に会った二ヶ月後のことだった。

昼食を終えて会社に戻ると、廊下で声をかけられた。総務部長の川勝《かわかつ》さんだった。五十代半《なか》ば。白髪をオールバックにして、季節を問わず薄い濃紺のジャンパーを着ている。いつも不機嫌そうで社内風紀にやたらと厳しく、特に喫煙ルームが少しでも汚れていると連絡会議で懇々《こんこん》と説教する。私は彼が笑っているのを見たことがなかった。

「君、ネッシーの類が好きなの？」

彼は怒ったような顔で訊いた。

「最近そんな話を触れ回っているそうじゃないか」

社内風紀的にマイナスなのだろうか。説教でも始めるつもりなのだろうか。そんなことを思いながら、私は「嫌いではないです」と曖昧《あいまい》に答えた。話して回っているのは知人の手伝いをしているからだ、とこれも曖昧に説明する。

彼は不満そうに溜息を吐《つ》くと、周囲を見回した。

何が始まるのかと身構える。

「俺は大好物だよ」

川勝さんは声を潜めて言った。

「……え？」想定外の発言に私はそんな声を漏らしてしまう。

「何を調べてるんだ？　昔の？　それとも最近の？　その知人の方はどういう人？」

普段と全く同じ口調で質問を重ねる。それが逆に私を混乱させる。

「いや待ってくれ。本日の業務が終わってから教えてくれるかな。食事は奢《おご》る。ただし酒は駄目だ。この手の話は素面《しらふ》でするのが俺のルールでね。場所も行きつけの、遅くまでやっている食堂とさせてもらう」

鋭い目でこちらを睨《にら》み付ける彼に、私は「分かりました」と答えるしかなかった。

川勝さんとの食事そして話し合いは、午前一時にまで及んだ。終電を逃した私に、彼は「このことは内密に頼む」と一万円札を突き付けた。

彼は若い頃から、密《ひそ》かにＵＭＡを愛好していたという。その手の書物を買い漁《あさ》り、ネットフォーラムに出入りして情報を交換し、必要とあれば学術論文にすら当たる。積極的に発信したいと思ったことは一度もなく、妻子にも内緒にしているそうだ。

秘密主義のマニアがいることは知識として知ってはいたが、目《ま》の当たりにするのは初めてで、私は驚くとともに嬉しくなった。

が、そんな川勝さんもシュマシラについては知らなかった。

「狐《こ》狸《り》妖怪の類じゃないか」

「というと……」

「君も読んだことがあるだろう。河童《かっぱ》や妖精も一緒に載った未確認動物の本だ」

「……河童はあったような気がします」

「要は神話伝承の存在とＵＭＡをごっちゃに載せているわけだ。作り手に深い意図があったとは思えない。『似たようなものだ』と安易に載せたんだろう。シュマシラもそうしたケースじゃないかな。そしてジョイントウォリアーズの製作者はそんな本を参照した」

「でもシュマシラなんて妖怪、聞いたことないですよ」

「知名度のないローカルな妖怪なんて幾らでもいるさ。なんたってUMAとは歴史が違うからね」

この先は妖怪マニアに訊くのが妥当かな、と川勝さんは提案した。

同意はできたが私は途方に暮れていた。ますます摑《つか》みどころが無くなっている。そんな気がしたからだ。真面目に調べるのが馬鹿馬鹿しいとも思うようになっていた。

「しかしまあ、ごっちゃに載せるのも一概に間違いとは言えないんだな」

川勝さんは厳しい表情で言った。

「本を作った連中はいい加減と言っていいだろう。だが妖怪もUMAも似たようなものだ、という考え方もできなくはない。こんな言説があるだろう――UMAは現代の妖怪である」

「水木《みずき》しげるが言ってませんでしたっけ」

「本人の発言かは定かじゃないが、監修した子供向けの妖怪本に書いてあったはずだ。これは正鵠《せいこく》を射ている。どっちも目撃情報や遭遇体験、そして名前が人々の間に伝わるうちに、メディアの中で生まれる存在だからだ。ＵＭＡだからリアルで、妖怪だからフェイクだなんてことは決してない。俺だってＵＭＡなんてどれも実在しないと思ってるよ。いてもいなくても証言や噂はある。その噂がまた人々を動かす。そうした全体像が面白くて、この歳まで夢中でいられるのかもしれないな」

彼はどこか気恥ずかしそうに言った。

川勝さんに柳の連絡先を教えたところ、二人は妙に仲良くなった。分野こそ違えど愛好家同士、通じる部分があったのだろう。

彼らは妖怪マニアに聞き込みを続けた。私はこれといってするべきことも思い付かず、二人とたまに遣《や》り取りするだけに留めた。

参照元が特定された、と川勝さんから聞いたのは半年後のことだ。ジョイントウォリアーズの製作者たちが読んだと思《おぼ》しき書物が、彼の地道な調査で判明したのだ。

『日本の奇奇怪怪生物大全科』という子供向けの本の初版だった。

ナナ書房という今は無き小さな出版社から、一九八二年に刊行されたものだ。記載されている「奇奇怪怪生物」は妖怪が七割、ＵＭＡが二割、残り一割は映画の怪獣で、カバーイラストはゴジラともゴロザウルスともつかない緑色の稚拙《ちせつ》な怪獣だった。だから川勝さんのアンテナには引っ掛からなかったらしい。所有していたのは伊豆《いず》に住む五十代の、妖怪グッズのコレクターだった。

私と柳は例の食堂で、川勝さんにページのコピーを見せてもらった。先方は本が傷むと難色を示したが、川勝さんが根気よく交渉した結果、貸し出すよりはとしぶしぶコピーして送ってくれたという。

先《ま》ずは他のウォリアーズの名前の由来となった、九体の未確認生物の実物大コピー。ネッシー、イエティ、キャディといった有名どころが、イラストより挿絵と呼んだ方がしっくりくるタッチで、一ページに一体ずつ描かれている。ページ右上には名称、下段には解説が書いてあった。

「そしてこれが皆さんお待ちかねの――」

川勝さんがパラリと紙を捲《めく》った。柳が身を乗り出し、私もそれに続く。

〈シュマシラ〉と名前が書かれていた。

手の長い大猿が、木々をへし折ってこちらに牙を剥いていた。手前には蓑《みの》を纏った猟師らしき人の姿。

大猿の毛はあちこち抜け、頰《ほお》は痩《や》せこけている。飢えているようにも病《やまい》に冒《おか》されているようにも見える。

見開かれた両目は真っ黒だった。

〈播磨《はりま》国の山奥に住む妖怪。百年生きた猿の変化したものとも言われ、毛は赤く、獣の生血を啜ることから狒々《ひひ》の仲間であろう。当地ではシュマシラが目撃されると戦争が起こると伝えられており、現在のところ最後に目撃されたのは一九四一年の初春であった。この年の末に太平洋戦争が始まったのは歴史的事実である〉

「なるほど、なるほど」

柳が大袈裟《おおげさ》に膝を打った。

「これ、朱厭の言い伝えと一緒です。こいつが出てきたら戦《いくさ》が起こるって書いてありました。要するにこういうことじゃないですか——昔々、播磨の山で猿が目撃されました。ほどなくして戦が起こりました。それを受けて近くの物知り爺さんか誰かが『あの猿は朱厭だったのだ』と解釈し、人々に伝えました」

「そして」と川勝さんが引き継いだ。

「時が経《た》つうちに朱厭は朱猿、そしてシュマシラと呼び名が変わっていきました——」

それが妖怪シュマシラの生まれた経緯、というわけか。私は「すごいですね」と手を叩いた。柳は目を潤《うる》ませて、川勝さんに何度も礼を言った。

これで柳の目的は達成できたことになる。ジョイントウォリアーズの不明点が解決し、マイナーな妖怪について知ることができた。物品とその情報を、ともに所有できたわけだ。

私たちは祝杯をあげた。川勝さんも「一杯だけ」と酎ハイを注文し、気持ち良さそうに飲んでいた。金曜日だったのをいいことに朝まで盛り上がり、私は土曜日をまるまる布団の中で、頭痛に苛《さいな》まれて過ごした。

二日酔いは辛《つら》かったが、私は幸福だった。自分は何ら貢献していないが、愛好家と関わり、彼らの情熱と行動力を間近で見たこと、そして知的好奇心が刺激され満たされたことで、清々《すがすが》しい気持ちにさえなっていた。

川勝さんが行方不明になったのは翌月のことだった。

日曜日に突然「出かけてくる」と家を出て、そのまま帰ってこない。携帯も繋《つな》がらない。

警察の捜査で、新幹線の乗車券と特急券を最寄駅で買ったことが分かった。クレジットカードの履歴から判明したそうだが、乗車したかどうかまでは調べがついていない。

行き先は姫路《ひめじ》駅だった。

会社の人間から伝え聞いて私は直感した。柳に連絡すると「私もそう思います」と同意を得た。

姫路は播磨だ。川勝さんはシュマシラに会いに行った可能性が高い。

もちろんそれは比喩《ひゆ》表現で、実際のところは現地で伝承を聞いたり、限りなく一次資料に近いものに触れようとしたのだ。ある程度場所を絞り込んで足を運んだのだろう。その最中、何らかのトラブルに巻き込まれたに違いない。事故か、あるいは事件か。

私は上司に一応の相談をしてから、警察にそのことを伝えた。直接参考になるとはさすがに考えにくいが、足取りを追う手がかりにはなるだろう。いや——なってほしい。

翌週の土曜日、私は川勝さんの妻から連絡を受けた。

捜査に進展があったという。

姫路駅で下りた川勝さんは電車を乗り継ぎ、S郡のN町というところに向かった可能性がある。岡山との県境に位置し、山に囲まれた小さな町だそうだ。

「パソコンのネットの閲覧履歴に、N町へのルートを調べたものがありました。教えていただいた姫路の話とも一致します」

電話の向こうから聞こえる彼女の声は弱々しかったが、同時に困惑しているようでもあった。私もまた戸惑っていた。思わず疑問が口を衝《つ》く。

「どうしてそんなところに……」

「動物園があるんです」

「え？」

「N町の宝根山《たからねやま》というところに、小さな動物園があります。山羊や兎がいるそうですが、一番の目玉は猿だそうです」

「猿」

私は無意識に繰り返していた。

猿の妖怪を調べるために、現地の動物園の猿を見に行くのは不可解だ。というより馬鹿げている。雰囲気だけでも味わいたかったのだろうか。マニアとはそういうものなのだろうか。ここへ来て彼の心理がうかがい知れなくなり、私は戸惑った。

「……実はもう一つ、分かったことがあります」

彼女が言った。

「主人は半月前にも一度、姫路に行っているんです。カードの履歴から分かりました。その時は隣のT郡で、道行く人に聞いて回ったみたいですね。何とかという名前の妖怪を知らないかと」

「警察がそこまで調べたんですか」

「いえ。昨日、主人のパソコンにメモが残っているのをわたしが見つけました。最初は意味が分かりませんでしたが、そちらのお話を思い出して次第に読み解けたと申しますか……その動物園に行った理由が分かりました」

「何が書いてあったんですか」

彼女はクスリと笑った。呆《あき》れたような慈《いつく》しむような、不思議な笑い声だった。

「お送りします。子供みたいなことが書いてあって、ここでお伝えするのは恥ずかしいので」

私は厚かましくも「なるべく早く送ってください」と言って、電話を切った。自分でも驚くほどメモの内容が気になっていた。

十分後、携帯に彼女からのメモが届いた。


〈T郡A町シュマシラ調査覚書〉
・証言一（推定三十代女性）
……シュマシラと関連すると思しき言葉が残っている。泥棒、あるいは泥棒のように他人のものを奪い取ろうとする人物を指して「しゅま公」と呼ぶことがあった。罵倒《ばとう》語である。現在はごく一部の高齢者しか使っていないという。
・証言二（推定六十代女性）
……シュマシラは昔この山間に棲んでいた猿の名前であり、現在は絶滅している。妖怪の類だと認識したことはないし、親やその上の世代も同様だったはず。「しゅま公」は幼少期に聞いた記憶はあるが、男性が使う言葉だと認識している。それゆえ自分が口にしたことは一度もない。

・証言三（推定四十代男性）

……シュマシラは猿の方言、あるいは幼児語だと認識していた。

昭和六十年前後、幼稚園（現在は廃園）に出張動物園が来たことがあり、羊や豚、兎に紛れて一匹の猿がいた。それぞれの柵には動物の名前と個体名の書かれたパネルが掛かっていたが、猿のパネルには「くみこ（しゅましら）」と書かれていた。羊のパネルには「メリー（めえめえ）」あるいは「メリー（めえめえ／ひつじ）」と書かれていたはず。

猿はニホンザルとは違うように見えた。手が長く痩せていた気がする。大きさは五歳児程度で毛は赤味がかっていた。

・証言四（推定三十代男性、証言三の男性と同行）

……出張動物園は猿を二匹連れていた可能性がある。

猿の柵には設営直後、パネルが二枚掛かっていた。一つは「くみこ」で、もう一つは「ごろう」だった。女性の飼育員が移動用のトラックを何度か行き来して、「ごろう」のパネルを外した。彼女に質問したところ、「おじいちゃんだからね、もう二百歳なんだって」と答えたという。トラック内に「ごろう」がいたのかもしれないが、確かめはしなかった。

証言三の男性はこの件について全く記憶していない。
・仮説一
……シュマシラはこの地域の山間部に棲息《せいそく》していた猿の名称である。うち二匹は昭和六十年頃まで棲息していた。
・仮説二
……シュマシラはニホンザルとは異なる種である。
・仮説三（ほぼ妄想）
……シュマシラは極めて長命である。

『日本の奇奇怪怪生物大全科』に記載されている、一九四一年に目撃されたシュマシラの個体は、昭和六十年前後まで生きていた。それが「ごろう」である。

「くみこ」はまだ生存している。あるいは「ごろう」も。

飼育員の発言は冗談か、証言者の聞き間違いであることは重々承知であるが。
・証言五（推定五十代男性）
……シュマシラについては知らない。

出張動物園は隣のS郡の宝根山にある、宝根山小動物園のサービスだったのではないか。以前は出張も行っていたと聞いたことがある。

翌日の正午。私と柳は宝根山小動物園の前にいた。来る途中の山道には朽《く》ちかけた看板がいくつか並んでおり、迷うことはなかった。

出入り口には色あせた簡素なアーチがあり、稚拙な動物の絵が描かれている。

そこかしこが凹《へこ》んでいる券売機に百円玉を四枚入れる。ボタンが光り、押すとカタカタと音を立てて入場券を吐き出す。それだけのことで私は胸を撫で下ろしていた。

「お札を入れるのは勇気が要りますな」

柳が言って、ポケットから小銭入れを取り出した。

警察はここで飼育員に聞き取りを行った。彼らは川勝さんがここに来たことを認めた。客が少ないこともあってか、彼らのうち数人は当時の川勝さんの服装まで鮮明に記憶していた。

だがそこまでだった。以降の足取りは未《いま》だに摑めていない。

私は柳と相談してこの動物園に行くことを決めた。言い出したのは私だったが彼もそのつもりだったのだろう。急な提案にも拘らず、二つ返事で一緒に行くと答えた。

受付カウンターに入場券を置くと、制服らしき黄色いジャンパーを着た老人が面倒くさそうに摘《つ》まみ上げ、「どうぞ」と呟《つぶや》く。こちらを見もしない。こうした娯楽施設では今や珍しい愛想の無さに、私は驚くと同時に得した気持ちにもなった。世の中にはB級娯楽施設のマニアもいると聞くが、彼らはこうした部分を楽しんでいるのかもしれない。

園内は木々が生《お》い茂り、地面には枯れ草が積もっていた。コンクリートで舗装されているらしいが、覆い隠されてほとんど見えない。

目の前の開けた空間にはいくつか柵が設けられており、中には兎や山羊がいた。どれも餌《えさ》を食《は》んでいるか、丸くなって目を閉じている。飼育員の姿は全く見られない。

片隅に無造作に置かれた青い盥《たらい》では、小さな亀が数匹泳いでいた。盥の底には黒ずんだ木屑《きくず》や落ち葉が目立つ。そこかしこに浮いているふやけた茶色い塊《かたまり》は餌だろうか、それとも糞《ふん》だろうか。

柳はぼんやりと周囲を見回していた。

新幹線の車内で、彼は川勝さんについてこう語っていた。

「川勝さんに聞いたんですが、あのヒバゴンは七〇年代の前半にしか目撃されていないそうです。ごく限られた時期しか証言がない。それであれだけ有名になるのがUMAの魅力だとも仰っていましたが……」

真剣な目でこちらを見ながら、

「普通に考えると、ヒバゴンは特定の猿だとするのが自然です。ただの一匹の猿ですよ。山奥に戻ったか、あるいは死んだかした。それで目撃されなくなったんじゃないかと」

「まあ、それが実際のところでしょうね」

「でも、もしその猿に会えるなら会いたい、ただの猿だと分かっていても見てみたい。川勝さんはそんなことも仰っていました。分かるような分からないような感覚ですが、あのメモを読むと、今回のことはそんな気持ちが高じた結果ではないかと思います」

かもしれない、と私は思った。目撃例や噂が伝播《でんぱ》する過程、社会の反応。そうした全体像が面白いと川勝さんは言っていたが、それとは別に「正体を知りたい」という気持ちを抱いてもおかしくはない。むしろ好奇心のあり方としては素直だとも言える。

「声がしますね」

柳が言って私は我に返った。

木の葉がさらさら鳴る音に、きぃきぃと甲高《かんだか》い声が紛《まぎ》れている。

猿の鳴き声だった。

どこの動物園でも耳にする、ニホンザルのものと同じに聞こえた。

宝根山小動物園は山の斜面に沿って設営されており、出入り口が最も高い位置にある。猿の鳴き声は下の方から聞こえている。私たちは坂になった狭い通路を下った。

木々が茂って暗い坂を数分歩いたところで、視界が開けた。

平坦な空間、その中央にはすり鉢状の大きな穴が空いている。

穴の上にはちょうど歩道橋のような橋が架かっており、真ん中を若い飼育員がゆっくり歩いている。手にはバケツと塵取《ちり》りを携えている。

穴の下から猿の声がしていた。

飼育員は塵取りをバケツに突っ込むと、砂利のようなものをすくい上げ、穴の中に投げ落とした。鳴き声が一気に激しくなり、ばたばたと穴の中が慌《あわただ》しくなる。

猿山ならぬ猿穴だ。この下に猿が飼われているのだ。

私たちは橋に足を踏み入れ、同時に穴を見下ろした。

十匹ほどのニホンザルが争うように餌を食べていた。穴の底にはタイヤや木の板がいくつも転がっている。ニホンザルはそれらに登ったり、隠れたりしながら、手にした餌を口に運んでいる。隅の一際《ひときわ》大きな二匹は歯を剝いて吠え、餌を奪い合っていた。

手摺《てすり》に「ニホンザル」とだけ書かれた、錆《さび》だらけのパネルが掛かっていた。

「ただの猿ですね」

ハハ、と乾いた笑い声を上げ、柳が顔を上げた。

「川勝さんはどう思ったんでしょう」

私は頭に浮かんだ疑問をそのまま口にする。猿がこんな風に飼われているのを見るのは初めてだったが、それ以外に興味を引くところは一切ない。

川勝さんが満足したとも思えない。

橋を渡り切ろうとしていた飼育員に、柳が声をかけた。

「すみません、猿はここにいるだけですか」

二十歳そこそこと思しきニキビ面《づら》の飼育員は、「はい」とだけ答えた。その顔にうっすら困惑の笑みが浮かぶ。

「どうかされましたか」

「いや、すいません」彼はバケツを持ち直すと、「前もそんなこと訊いてきたお客さんがいはったんで、またかと思って」と関西訛《なま》りで答えた。

川勝さんだ。

私は簡潔に事情を説明し、飼育員は「ああ、警察来ましたね」とうなずく。

「何か変な猿探してて、それでいらしたんでしたっけ」

「ええ、まあ……」

「早く見つかるといいですね。あ、猿やなくてその人がですけど。お客さんがってなるとやっぱり心配なんで」

彼は神妙な顔で言った。穴の下で猿たちがまた喧嘩《けんか》を始めたらしく、激しい鳴き声がする。

川勝さんは出張動物園のことまで飼育員たちに訊いたそうだが、当時勤めていた人間は全員辞《や》めており、記録も残っておらず、具体的に当時何が飼われていたのかは分からなかった。それを聞いた川勝さんは、落胆したようなすっきりしたような、複雑な表情をしたという。

「折角だから一とおり見て回るって仰ってましたね。それがその方を見た最後です。いつ園を出られたのかは分かりません。受付もけっこう席外しますから、その時に出られたんでしょう」

「斜面を滑落《かつらく》するってことは有り得ますか？　ここ、結構な山ですよね」

「柵がありますからそれは無いですね。警察の人らも確かめてましたよ」

嫌な顔一つせず、それどころか丁寧に説明してくれた飼育員に厚く礼を言い、私たちは彼と別れた。坂を上る彼の背中を目で追いながら、私は柳に訊いた。

「どうします？」

「……文字どおり足取りを追いましょうか。見て回るんです。ひょっとしたら何か分かるかもしれません」

警察が見落としたものを私たちが見つけ出せるだろうか。疑問だったがこのまま帰る気にはなれない。

私たちは近くにあった案内図に従い、近くの坂を下った。

ほどなくして、小さな檻《おり》が幾つも並んだ区画に出た。緑色をした円錐形の屋根はところどころ塗装が剝《は》げている。妖精の家か何かを模しているのだろう。辺りにはキノコのような形状をした、緑色の一人掛けベンチがいくつも置かれていた。檻に掛かったパネルもキノコの形をしている。

この区画だけコンセプトがあるらしい。奇妙に感じたが、同時に「いかにも地方の動物園らしい」とも思えた。

狭く薄暗い檻の中に、特に珍しくもない動物たちがいた。歩きながら横目で彼らを眺《なが》める。黄ばんだニワトリたちはせわしなく歩き回り、黄色い粒状の餌を啄《ついば》んでいる。豚は死んだように寝そべり、ポニーはぼんやりと遠くを眺めている。

アライグマだけが何故か鎖に繋がれ、檻のちょうど真ん中で項垂《うなだ》れていた。

猿たちの声が頭上から聞こえていた。

ここに来るまで一度も、他の客に会わなかった。

進むにつれて古びた檻が目に付くようになった。屋根には大きな穴が空き、その縁《へり》は錆びてボロボロになっている。中にいる羊や猪も、ついさっきまで野山を駆け回っていたかのように汚れている。

周囲の草も伸び放題に伸びており、私と柳は何度か手で払い除《の》けながら進まなければならなかった。

先を行く柳が「おっ」と声を上げたのは、道を阻《はば》むように伸びた太い木の枝をくぐった直後のことだった。

「ここまで行くと味が出ますねえ」

振り返った柳が汗まみれの顔を弛《ゆる》める。右手の檻のことを言っているらしい。

檻は屋根も格子《こうし》も全て、分厚い錆で茶色くデコボコになっていた。その向こうに並ぶ檻も、反対側、左手にある檻も同様だ。

「どうでしょう」

私は曖昧に答えた。これはもうB級だ珍スポットだと面白がれる次元を超えている。いや——下回っていると言った方がいいのか。ただ杜撰《ずさん》なだけで、柳の言う味わいなど微塵《みじん》も感じられない。衛生管理ができているとは思えないし、餌も満足に与えていないのではないか。

こんなところで飼われている動物たちを憐《あわ》れに思いながら、私は手前にある檻を覗《のぞ》き込んだ。瞬間、「えっ」と声が出てしまう。

檻の中には高さ三十センチほどの石が置かれていた。

石像、と呼んだ方がいいのかもしれない。磨耗して輪郭《りんかく》しかなくなった、地蔵のようにも見えなくもない。だが前掛けも頭巾《ずきん》も着けていないし、供え物も見当たらない。

格子に掛かったパネルは錆に覆われていたが、辛《かろ》うじて読める箇所があった。

〈伊勢《いせ》國　ふきめ〉

聞いたことのない名前に私は戸惑った。古い地名が記されているのも気になった。

それ以前に檻の中には石しかないのだ。

向かいの檻の前で、柳が「むむう」と呻き声を上げた。
彼が覗いている檻には、形も大きさも瓢箪《ひょうたん》のような石が横たわっている。
〈大和《やまと》國　のつち〉
パネルの文字はやはり不可解だった。
その先の檻も同じようなものだった。大きさも形状も様々な石だけが中に置かれ、パネルにはどれも昔の地名と、意味不明な平仮名が書かれている。
〈琉球《りゆうきゆう》國　まあ〉
〈武蔵《むさし》國　ししりは〉
〈長門《ながと》國　たきわろ〉
〈筑前《ちくぜん》國　しゆちゆろ〉
〈越後《えちご》國　おほ〉
〈陸奥《むつ》國　けるひん〉
〈土佐《とさ》國　えんかう〉
〈尾張《おわり》國　おとら〉
〈越前《えちぜん》國　けうけう〉
〈美濃《みの》國　さとり〉
そこまで見た時、心臓が大きく跳ね上がった。無意識に立ち止まる。足音で気付いたらしく、柳が驚いた顔でこちらを振り返る。

「どうされましたか」

私は答えようとして躊躇《ためら》う。あまりにも馬鹿げた憶測に、口が自然と笑みを形作ってしまう。

「……これ、たぶん妖怪の名前です」

「は？」

「いや、冗談ではないです。それ……柳さんの目の前の『さとり』って、確か山奥に住んでて人の心を読むっていう……」

柳は〈さとり〉の檻に顔を近付ける。中には一メートルほどの高さの、ごつごつした石が置かれている。頭、肩、曲げた膝のような隆起。人の形をした何かが蹲《うずくま》っている。そんな風に見えなくもない。

石から視線を外した柳の顔は、先刻までとは打って変わって強張《こわば》っていた。青ざめた頬を痙攣《けいれん》させ、目の動きだけで頭上を示す。

「猿の声が、聞こえませんね」

指摘されて初めて気付く。聞こえない。それ以前に何の音もしない。風の音も木々のざわめきも、鳥の鳴き声も全く耳に届かない。

静まり返っていた。息が詰まるような静寂《せいじゃく》が辺りに立ち込めていた。

私たちは同時に歩き出した。来た道を戻る。

異様な雰囲気を肌で感じていた。長居する場所ではないと感覚的に判断していた。

柳もそうなのだろう。不安と焦りの表情を浮かべている。

先ほど見た檻が視界の両側を通り過ぎる。

〈琉球國　まあ〉
〈大和國　のつち〉
〈伊勢國　ふきめ〉
〈信濃《しなの》國　くた〉
〈和泉《いずみ》國　ふくはり〉
〈出雲《いずも》國　のうま〉
〈伊豆國　いなふら〉
〈出羽《でわ》國　ゆなわ〉

気付いた瞬間、背筋が一気に凍り付いた。その場に固まってしまう。

柳に追突されて私は転びそうになった。何とか踏ん張って振り向きざまに、

「枝はどこですか？」

と訊く。

「木の枝がありません。くぐり抜けた太い枝です。それにこんなパネル、こんな檻は

さっきまで無かったですよ。〈ゆなわ〉なんて……」

自分でも意味が分からないまま説明すると、柳の顔がますます蒼白《そうはく》になった。唇まで生気を失う。「そんな」「いやいやまさか」と歩き回って周囲を確かめ、やがてピタリと足を止める。

私の勘違いではないのだ。妄想ではないのだ。

有り得ないことが私たちの身に降りかかっているのだ。

迷い込んでいる。堂々巡りになっている。

兵庫県の山奥の、妖怪らしき名前の書かれた檻が並ぶ、奇怪な領域から出られなくなっている。

更に進んで私たちは確信した。枝は一向に見つからない。来た道に戻れなくなっている。

「登ってみますか。大変でしょうけど、登れば確実に戻れますよ」

息を切らした柳が山を指した。草木が侵入を阻むように生い茂っている。折れ曲がった太い木の幹。背の低い、濃い緑色をした草。尖った岩、堆積した落ち葉。この先の困難を想像しながら、私は無意識に目の前の檻に視線を移した。

〈播磨國　しゆましら〉

中には二つの石が並んで立っていた。五十センチほどの高さで、こけしのような輪郭をしている。頭に相当する部分の表面はつるりとして、目も鼻も口もない。石の前にクリーム色の、ボールのようなものが転がっていた。土や木の葉があちこちに付着し、空気が抜けているのか歪《ゆが》んでいる。

私は顔を近づけた。柳が続く。

「あっ」

先に声を上げたのは柳だった。

髑髏《しゃれこうべ》だった。

ボールのように見えたものは、人間の頭蓋骨《ずがいこつ》だった。下顎《あご》は無い。眼窩《がんか》は石の方を向いている。だが表面に走ったいくつものヒビと、隆起から見て間違いない。

誰の骨だろうと考え、頭が一つの仮説を導き出しそうになったその時――

柳がどすんとその場で尻餅をついた。

あわあわと意味を成さない声を漏らす。

私は彼の手を引っ張って何とか立ち上がらせ、「登りましょう」と目の前の山を見上げた。

きいい……と、遠くで金属的な音がした。

きい……きい……きい……

音は続いている。軋《きし》るような引っ掻《か》くような、脳に直接刺さる不快な音だった。

きいい、きいい、きいい……

段々大きくなっている。瞼《まぶた》が裂けそうなほど目を見開いた柳が、〈さとり〉〈けうけう〉の檻がある方を向く。

道の向こうから、音が近付いているのが分かった。

何の音だ。何がどうなっている音だ。

きい、きい、きい、きい
音はますます大きく響き渡る。音の細部が明瞭になり、脳がその情報から意味を読み取る。金属が擦《こす》れ合っている。老朽化した、あるいは錆びた金属が――

檻の開く音だ。

向こうから順に、檻が開けられているのだ。

きいいっ、きいいっ、きいいっ
「あああ」

嗄《しわが》れた声で必死に声を上げて、柳が道の先を指し示した。

いくつも並んだ大小の影が、こちらに向かって歩いていた。木の枝のように細長い影、ずんぐりした影。地面を這《は》う影、ゆらゆらと揺れる影……

ぱん、と乾いた音がして、私は檻に目を向けた。

頭蓋骨が粉々に砕けて床に散らばっていた。

きいいい、と一際大きな音がして、檻の奥から光が漏れ出る。

開いたのだ。

今まさに〈しゆましら〉の檻が開けられたのだ。

つまり——出られるようになったのだ。

私は一気に駆け出した。夢中で地面を蹴り、ただひたすら前に進む。

背後でどさりと何かが転がる音がして、「ひいいっ」と柳が叫ぶのが聞こえた。

直後に咆哮《ほうこう》が耳を貫いた。

猿のようでも人間のようでもある、悲鳴のような吠え声だった。

鼓膜を震わせる未知の声を聞きながら、私は必死で走り続けた。

気が付くとアライグマの檻の前で放心していた。自分が息切れしていること、心臓が激しく鳴っていることに気付く。

アライグマは檻の隅に蹲り、怯《おび》えた目で私を見つめていた。

柳はいなくなっていた。携帯も繋がらない。

出入り口にいたのは先の若い飼育員で、問い質《ただ》すと「あれ？」と首を傾《かし》げた。

「さっきお帰りになったんじゃないんですか」

「えっ」

「ちょっと席外して戻ってきた時に、後ろ姿が見えましたよ。見間違いちゃうと思いますけどねえ、今日は他にお客さん来てはらへんので」

不思議そうにこちらを見つめる彼に、私はそれ以上何も言えなかった。自分が見たもの聞いたものより、彼の話の方がまだ有り得そうに思えた。何らかの事情で私たちははぐれてしまい、途方に暮れた柳は一旦先に動物園を出た。私ははぐれている最中のことを記憶していない——そんな無茶な経緯の方がまだ現実的に感じられた。

訳が分からないまま私は帰路についた。

バスに乗っている間、在来線に揺られている間、そして新幹線の指定席に座っている間、頭の中にはただ疑問だけが浮かんでいた。

帰宅してもう一度柳に電話してみたが、彼は出なかった。

翌日からいつもの日々に戻った。

私自身はそれまでと何も変わらない日常を過ごした。

川勝さんは一向に見つからず「この人を探しています」のポスターが交番に貼られるようになった。柳の携帯とは相変わらず繋がらない。電話しても出ないし向こうからもかかってこない。警察に行こうかとも思ったが、親族でない私はそもそも行方不明者届を出せる立場にないのだ。それ以前に彼が失踪《しっそう》したのかどうかすら確証がない。

何も進展しないまま時間だけが過ぎていった。

そのうち私はこんな仮説を頭の中で組み立てていた。

あの檻の区画は全国各地の妖怪が集められた、言わばコレクションルームだったのではないか。誰かが――いや「何か」が、妖怪の類を蒐集しているのではないか。ずっと昔から今現在まで。

そして私たちは何かの弾みで、そんな空間に迷い込んでしまったのではないか。

酩酊した夜。休日の朝。ぼんやりと一人で家にいる時。

私はそんなことを考えるようになっていた。


（光文社文庫『ひとんち』収録）

あまぞわい

岩井志麻子

そうか、キン坊も「あまぞわい」の話を聞きてえんか。まぁ、キン坊もじきに大きゅうなって漁に出るようになるけん、知っとかにゃあおえんわな。

そわい、というんは潮が引いた時にだけ顔を出す浅瀬や岩礁《がんしょう》のことじゃ。潮が満ちたら隠れてしまうがの、おっ父の船で近くを通ったことはあるんじゃろ。そうじゃ、潮が引いてしもうたら、真っ黒けの洞窟《どうくつ》がのぞくあそこじゃ。わしらのように地べたより海に居る方が長かったような者でも、あそこは恐《きょう》てえな。

この島でええ死に方をせんかった者はあそこに居着くと伝えられとるけん。そいでも、祀《まつ》りはせん。なんでて、ほれ、満潮にゃあ沈んでしまうんじゃろ。お供えしてもみな流されるんじゃけぇ、祀っても何にもならんがな。

恐てえものは、この爺《じい》さんも何遍か見たことあるで。いや、その話はまた今度じゃ。キン坊がもうちぃっと大きゅうなったらしてやるわい。

まず知りてえんは、なんで「あまぞわい」と呼ばれとるかじゃろ。そわいはここらの瀬戸内に面した村や島ではあちこちに散らばっとる珍しゅうも何ともないもんじゃけん、大抵は名無しのただの岩山や砂浜なんじゃがの。長浜村とこの竹内島の間にあるそわいだけは名前がついとるんじゃ。そう、「あまぞわい」てな。

この爺さんが子供の頃もその名前で呼ばれとった。なんでも享保《きょうほう》の頃からじゃと、わしはわしの爺さんに教えて貰《もろ》うた。その「あま」にゃあ、二通りの謂《いわ》れがあるんじゃ。わしが爺さんに聞いたんは、そのうちの一つ、「海女《あま》」の方じゃった。

そうじゃ、海に潜って魚や貝を獲る女じゃ。爺さんが生まれた頃にゃあ、もう居らんかったな。キン坊のおっ母も魚を裂いたり塩をまぶしたり、売りに出たりするだけじゃろ。せいぜい浜で蝦蛄《しゃこ》や蟹《かに》を捕まえるくらいじゃ。この辺の海は遠浅じゃけ、潜れる海には浅蜊《あさり》くらいしか無《ね》え。といって沖に出りゃあ深すぎて、どねぇに海に慣れた女でも溺《おぼ》れる。

そいでも昔は、この辺の女も潜りよったんじゃな。そんな海女の中に、よう旦那《だんな》に仕える情の濃い女が居ったんじゃ。……情が濃い？　それはキン坊ももうちぃっと大きゅうなったらわかる。うぅん、まぁ、ええ時もあるし悪い時もあるのぅ、情の濃い女は。

その女の婿《むこ》はよう働く腕のええ漁師じゃったが、気の荒《あれ》えとこがあってなぁ、懐にいっつも包丁を呑《の》んどるような奴《やつ》じゃった。魚を捌《さば》くためとは言うとるが、やっぱり仲間を脅すつもりもあったんじゃろな。ところがある晩に海の上で嵐《あらし》に遭《お》うてな、その男の船がひっくり返りかけた。そん時、弾みで包丁を落としてしもうたんじゃ。

キン坊。お前も漁師の子なら覚えとけや。水の神様は、鉄が大嫌いなんじゃ。海に鉄物《かなもの》を落としたら、自分の命に替えても拾いあげにゃあならんのじゃで。それをせんと、恐てえことになる。おお、魚は獲れんなるし海にも出られんようになる。

そうじゃ、その男も包丁を落としたと気づいたが、何せ大嵐じゃ。船がひっくり返らんようにするのが精一杯での。拾いあげる余裕やこ、無え。他の漁師もそん時は包丁のことにまで気が回らんかった。嵐を乗り切るんが先決じゃけんな。そいでまぁ、どうぞこうぞ無事に浜辺に戻っては来れたんじゃ。海に神様の嫌う鉄を沈めたまんまでな。

さぁて嵐の後に、不吉な黒雲が村を襲うた。時化《しけ》じゃ。不漁じゃ。どねぇに網を打ってもほとんど魚は獲れん。満潮の時間になってもあのそわいはぽっかり浮かんだままじゃ。真っ黒けな洞窟から、鉄錆《てつさび》の厭《いや》な厭な匂《にお》いが漂うんじゃ。浜辺じゃ昆布《こんぶ》や貝まで腐って、稼ぎ時の秋祭りが来るというのに、どこの家にも何も無え。

男は内心、えろう怯《おび》えたで。自分があん時、包丁落として水の神様の怒りを買《こ》うたとわかったんじゃな。しゃあけど今更どうにもならん。どこら辺に落としたかもようわからんし。第一どねぇに泳ぎや潜りに自信があっても、あねぇな大きな海に落とした一本の包丁なぞ、どねんしたら見つけ出せるんじゃ。

じゃが、神様の祟《たた》りはそれだけじゃあなかった。その男は足腰立たんようになってしもうたんじゃ。赤子のように這《ほ》うてしか進めんなった。ただでさえ魚は獲れんのに、そねぇな体になっちゃあお仕舞いじゃ。追い打ちをかけたんが、村中に広まった「あの男が包丁を落として神様の怒りを招いた」という話じゃな。それこそ、村人みんなが刃物持って家に押し掛けてきそうな按配《あんばい》になった。

そこへ出てきたんが、その男の女房じゃ。気丈な女での、荒れ狂う村人どもを怒鳴りつけた。「わたしがきっと見つけ出します」てな。婿はもう、その頃にゃあ腑《ふ》抜けみてぇになっとったしな。村人も餓《う》えて気が立っとるけん、そんじゃあ生贄《いけにえ》の代わりに海に出てくれとなったんじゃ。女は本当に一人で船漕《こ》いで沖に出て、潜ったんじゃ。

……それきり、女は浮いてこんかった。ただ、そわいには錆びた包丁だけが流れ着いたらしい。その包丁をどねんしたか、そこまでは爺さんの爺さんも知らんかったがな。あの洞窟の奥に今も刺さっとるかもしれんで。

ともかくそれで時化はぴたりと止んだ。魚も今まで通りに獲れだしたし、思いがけん大漁にも恵まれた。その漁師がその後どうなったかはようわからんが、まぁ細々《ほそぼそ》と生き長らえたんじゃろ。ただ、女房の供養をきちんとしてやっとらんのは確かじゃな。なんでて、今もあのそわいからは女の泣き声がするんじゃで。

哀れよのう、享保の昔からこの明治の治世まで、涙はずっと涸《か》れんのか……。どうしたキン坊、一人で小便に行けんのか。そねぇなことじゃ海には出れんぞな。ははは。

これでわかったか、あそこが「あまぞわい」て呼ばれる訳が。なに？　もう一つの「あまぞわい」の話も知りたいて？　それはまた今度じゃ。もう寝んといけん。のう、キン坊よ。女いうもんは、どねぇなろくでなしの男でも、いったん添うたら恋しゅうて恋しゅうてかなわんのじゃで。女は惚《ほ》れた男のためなら何でもするもんじゃ。身を捨てても尽くすし、死んだ後も慕《しと》うて泣き続ける。可愛《かわい》いもんじゃろ。なに？　婆さんか。婆さんはキン坊のおっ父を産んですぐ死んだけんな。あまぞわいの海女ほどにはわしを慕うて泣いてはくれん。ははは。そいでも成仏はしとるで。初七日に玄関先に置く灰の盆を知っとろう。あれに鳥の足跡がつきゃあ、死者は成仏しとる。猫や犬の獣の足跡なら、三途《さんず》の川で迷うとる。婆さんの盆にゃあくっきり、可愛らしい雀の足跡がついとった。この爺が死んだら、キン坊がその盆を用意してくれえよ。

それ、小便についていっちゃるけん、もう寝ろや。うん？　外に出たら、あまぞわいから女の泣き声がするかもしれんて？　すりゃあせん。もうあまぞわいは海に沈んどる――。

瀬戸内海のこの島で輝くのは海だけだ。屋根が飛ばぬよう置いた石の重みで傾《かし》いだ家々と、その低い軒先で暮らす真っ黒な漁師達は、生まれてから死ぬまでをこの砂混じりの風に吹き晒《さら》されてすり減っていく。

ユミはそんな景色の中からも取り残され、そんな人々の中にも入れてもらえず、日がな魚のように物言わぬ女だった。それはユミがとんでもない不始末をしでかしたからでも業病持ちだからでもない。漁村に生まれ育った女ではないという、ただそれだけのことだ。

どちらを向いて立っても、すえた臭《にお》いが鼻をつく。これは塩を含んだ夕凪《ゆうなぎ》か、死魚の発散するものか。ユミは垢染《あかじ》みた衿《えり》にちょっと鼻をつけてから、思い切り顔をしかめた。一番臭いのは己れではないか。魚でもないのに魚臭く、人扱いはされぬのに人恋しい。

この村に来てから焼けてすっかり黒くなってしまったとはいえ、この炙《あぶ》られる陽射しと足裏を焦がす砂の感触には慣れることができない。ここに来てから何度も剝《む》けた頬《ほお》の皮が突っ張り、眉間《みけん》には歳に相応《ふさわ》しくない皺《しわ》が刻まれる。農村の女よりも漁村の女は老けるのが早い。

苛酷《かこく》な夏を全身に受けて、最も痛むのは肩だ。鈍い痛みを陽に晒しながら、ユミはぼんやりと沖を見やった。黄金に染まる海を美しいと、瞬時でも見惚《みと》れた自分を憎んだ。どうせ黄金色ならば、海の残照よりも簪《かんざし》や帯留の方が良いに決まっている。

夜の明かりに浮かぶ簪の煌《きら》めきも、随分遠いものになってしまった。この竹内島の向かいには長浜村があり、その隣に岡山市がある。距離はさほど遠くないのに、二度と渡れぬ地になった。ほんの一年前まであそこにいたなど、当人にも信じられなくなっている。

白い肌が自慢だった。更に白粉《おしろい》をはたき、派手なだけで決して上等ではない着物だったが、ユミは合わせる帯にも気を配っていた。それが今では他の女房達のように肌脱ぎにこそなってはいないが、裾《すそ》を絡げて裸足《はだし》で砂浜を歩いている。かつては顔より髪ばかり誉められると不服だったが、その艶《つや》やかだった黒髪さえもすっかり潮に焼けて赤茶けてきている。どんなに町育ちを強調しても、外見だけは立派に漁師の女だ。

船影はまだ見えない。この世が終わるまで帰ってくるなと、信じてもいない水の神様とやらに祈った。その船には錦蔵が乗っている。昨日、ユミを強《したた》かに床に突き倒し肩を蹴飛《けと》ばした男だ。磯《いそ》では生まれながらの魚の村の女達が笑いさざめきながら、小蟹や貝を獲っている。ユミが近付けば盛んなお喋《しゃべ》りはぴたりと止まる。農村に比べれば人々は陽気であけっぴろげで、と称されるのは嘘《うそ》ではないが、それでも排他的な田舎の村には違いない。

酌婦あがり。それがユミの呼び名だ。まるで錦蔵を誑《たぶら》かしてこの村に闖入《ちんにゅう》してきたように蔑《さげす》まれるユミは、だから亭主の錦蔵が漁に出ている間は、家で不貞腐《ふてくさ》れている他ない。何せここは岡山市とは違い、洒落《しゃれ》た洋食屋も呉服屋も何もなく、漫《そぞ》ろ歩く並木の静かな道もない。着物を買ってくれる男もいなければ、一緒に芝居を観《み》に行ったりお喋りをしあう小綺麗《こぎれい》な女友達もいない。

いるのは荒っぽく真っ黒けに焼けた漁師と、同じく夏はみんな諸肌脱いで乳房を丸出しにして歩き回る声の大きな女房達だけだ。あるのはひたすら生臭い空気と海と空だけだ。気が触れぬのが不思議じゃと、ユミはため息をつく。

「お前は網も引けんし、子供でも潜れる浅瀬にも入れん。魚を捌かしゃあ猫も食わんほど引き散らかす。何の役にも立たんのなら、せめて亭主が漁から帰るんを迎えに出えや」

唯一、ちゃんと口をきいてくれるのは亭主の錦蔵とはいえ、口より先に拳《こぶし》や足が出る相手だ。出会った当初はそんなではなかった。それを思えば余計に辛《つら》くなる。

ほんの一年前まで、ユミはこの辺鄙《へんぴ》な漁村から隔たった岡山の中心地にいた。決して高級ではない料理屋だが酌婦をしていたのだ。贔屓《ひいき》にしてくれた客は、大方が小金のある商店主や近在の中農の跡取りだ。そんな男の相手でも嫌なことや煩わしいこともあったが、少なくとも美しく装って髪もきちんと結いあげ、客のものではあるが旨《うま》い料理も酒も口にしていたし、売れっ子ではないがそれなりにちやほやされていたのだ。

そんな客の中に、竹内島から通ってくる漁師の男がいた。それが錦蔵だ。当初はやたら声の大きいがさつな田舎者でしかなく、その風貌《ふうぼう》もそれこそ波に洗われたごつごつの岩礁を思わせる厳《いか》つさだったから、ユミは敬遠さえしていたのだ。それが度々ユミを指名するようになり、ついには借金や質入をしてまでユミ目当てに通いつめるようになったのだ。そうなるとさすがに情も湧《わ》く。

それに他の贔屓客は着物や草履を買ってくれてお世辞を口にはしても、所詮《しょせん》は場末の酌婦とユミを見下している。女郎扱いしてくる者も一人や二人ではない。だが錦蔵だけは違った。ユミの前借金五十円をすべて支払い、身請けを申し出てくれたのだ。

その金は船を手放してまで作った金だった。店の主人に異論のあろうはずはない。ユミは特に売り上げがいい訳ではないし、若造りに濃い化粧で誤魔化してはいるが、三十路《みそじ》も遠くなかった。こんな好機を逃しては一生浮かばれないと、店の主人は父親のように勧めてくれた。

あんな辺鄙な魚臭い村であんな荒くれ男の嫁になるくらいなら、一生酌をしていた方がましだと陰口を叩《たた》く朋輩《ほうばい》もいたが、気のいい子は我が事のように喜んでくれた。そんなふうに外堀を埋められた格好で話は進んでいったが、ユミとて嫌々とか諦《あきら》めの気持ちで錦蔵に嫁ごうとしたのではない。

ユミは生みの親には物心つく前に死に別れており、父方の祖母に育てられた。細々と仕立てや燐寸《マッチ》のラベル張りの内職で育ててくれた祖母だが、ユミが小学校を出た年に床についた。ユミはすぐ料理屋に住み込まされ、前借金はすべて祖母の療養費となった。「女郎にだけは売らずに済んだがな」。それが口癖だった祖母はユミの花嫁姿を見ずに死んだ。本当は、「ユミの花嫁姿を見たい」というのを口癖にしたかったに違いない。

ユミが錦蔵に初めて特別な気持ちを抱いたのは、何かの弾みで錦蔵が口にした出身地の昔話によってだった。それは祖母がよく寝床で語ってくれた昔話に似ていたのだ。ぴたりと一致しているのではなかったが、錦蔵は「婆ちゃんの語ってくれたお伽話《とぎばなし》の島に住む男」だったのだ。

一度も見たことのない竹内島とやらは、お伽話の美しい島になった。海辺での暮らしも近隣の貧しげで暗く閉鎖的な農村に比べれば、あけっぴろげで陽気で居心地が良さげでもあった。農村は一部の土地持ち以外は、その日その日の口を糊《のり》する食物のために一生地べたを這《は》いずりまわらねばならないが、漁村には誰にも平等に一発の大漁で大金を得る好機を与えられてもいるという。

ユミも女として生まれたからには、誰かの嫁にはなりたかった。しかし女郎にまでは堕《お》ちなかったが、場末の酌婦だ。商店主や農家の跡取りが貰《もら》ってくれるとは思えなかった。そこへ現れたのが錦蔵だ。酔っての戯言《ざれごと》でもなければ、いい加減に手をつけて妾《めかけ》に囲おうというのでもない。身請けして正式に妻として迎えようというのだ。錦蔵は武骨で粗雑で気のきいたお世辞の一つも言えないが、それゆえに誠実で善良と映った。

そうしてユミは、望まれて小島の漁師の嫁になったのだが。恋女房がただの役立たずに落ち、麗《うるわ》しい夢の島が鄙《ひな》びた貧しい漁村に化け、誠実で頼れる男がただの粗暴な男に変わるまでに半年とかからなかった。

岡山の夜の座敷では熱に浮かされていた錦蔵も、地元の陽の下に連れ出した女を正面に見れば、それこそ風に当てられて頭が冷えたのだ。単純で純朴であるがゆえに、村人の陰口や嘲笑《ちょうしょう》は真直ぐに錦蔵を打ちのめした。元々、ユミの身請けには大反対だった錦蔵の親や親戚《しんせき》達だから、ユミとは付き合いどころか口もきいてくれない。六男だか七男だかで放ったらかしにされていた錦蔵ではあるが、その勘当状態はさすがに堪《こた》えた。

熱に浮かされて売り飛ばした船への愛惜も、錦蔵を苛《さいな》んだ。いざ引き替えにした女が来てみれば、得たものより失ったものの大きさの方が実感できたのだ。

だが今頃になって手放した船を惜しみ、不漁続きまで自分のせいにされては堪《たま》らない。近頃は平然とユミの着物を質入し、錦蔵は再び岡山の料理屋や遊廓に通い始めていた。それでも足りず網元に借金までしている。同じ村の若後家とすっかりいい仲になっていることは、噂《うわさ》の輪に入れてもらえぬユミですら耳にしていた。泣いても酷薄な潮風は、瞬時に頰をひび割れさせる。耳元で唸《うな》る風は、錦蔵の罵声《ばせい》と肩の痛みをよみがえらせた。

錦蔵の父親も、女は殴って言うことを聞かせるものだと信じ切っている男だが、それ以上に死んだ祖父が悪い、と密《ひそ》かにユミは恨んでいる。何をしても女は許すと幼い錦蔵に教えこんだらしいからだ。

「このアマ」

まずその罵声が発せられる。次の瞬間、ユミは下に転がっている。魚を捌《さば》けないと殴られ、網を引く手伝いもできないと蹴《け》りつけられ、他の女どもがお前を女郎あがりじゃないかと笑《わろ》うとるぞと張り倒される。ここらの女房達と違い、ユミも負けずに喚《わめ》き散らしたり突っ掛かったりはできず、ひたすらむっつり恨みがましい目をするだけだ。それが錦蔵を余計に怒らせる。

今は没して見えないが、ユミはぼんやりと「あまぞわい」の方角に目を凝らした。まだ錦蔵が優しく、まだユミの頰も白かった岡山のお座敷で、錦蔵は生まれた村の言い伝えを教えてくれたのだった。その時の錦蔵を思い出せば、ため息は一層深くなる。

亡き祖母のお伽話が「あまぞわい」なら、錦蔵の語った昔話も「あまぞわい」だった。ただし、内容は大きく違っていたから、どうやら「あまぞわい」には二通りの言い伝えがあるらしい。ユミの祖母は岡山の出で、錦蔵は地元竹内島に生まれ育ったことを考えれば錦蔵の方が正しいようだが、最近のユミはやはり祖母の方が正しかったと確信している。

「死んだ爺さんが教えてくれた『あまぞわい』の話は、恐てかったのぅ。海女は今でも泣いとるんじゃ。女はいったん添うたら男が恋しゅうてかなわんもんじゃと、そん時教えられたんじゃな。身を捨てても尽くすし、死んでも慕い続けるとな」

ユミははっきりその爺さんを憎んだ。幼い錦蔵にそんな考えを植え付けたからこうなったのだ。海女は馬鹿な亭主のために落とした命を惜しんで泣いているに違いない。

まだ船は影さえ映らない。あまぞわいを沈めた海は、あくまでも静かに凪《な》いでいる。こうして阿呆《あほう》のように陽に炙《あぶ》られていても仕方ないと、ユミは一旦《いったん》家に戻ろうとした。振り返りかけ、ふいに足の裏に異様な感触を覚えた。確かに焼け付く砂があったはずなのに、今ユミの足の下にあるのは冷えきった岩場なのだ。

痺《しび》れが肩から広がり、足元に達する頃にはユミは瞬きすらできなくなっていた。凍《こご》える足の下にようやく目を落とす。なぜいきなり岩の上に立っているのか。濡《ぬ》れて冷えた岩と足が同化しかけた時、ゆるゆると白いものが視界に入った。白い蛇と見たそれは女の手だった。そろそろと伸ばされたその白いふやけた手は、感覚を失ったユミの右足に触れる。感覚はないはずなのに、骨まで達する冷たさだった。

悲鳴までが喉《のど》で固まっている。左足に、ぞろりと肉の塊が当たった。頭に髪の一本もない女の顔だった。鼻筋の通った唇の薄い、ここらの漁師の女房には見当らない顔立ちだ。白目が真っ赤に充血している以外は、確かに美しい女なのだった。

渾身《こんしん》の力をこめ、ユミはその顔と手を振りほどいた。呪縛《じゅばく》が解けた刹那《せつな》、弾《はじ》かれた体は反転して後ろを向いた。真っ暗な洞穴。そこから坊主頭の女は這《は》い出していたのだ。

ユミに蹴飛ばされた格好の女だが、恨みに目をぎらつかせることも舌なめずりして歪《ゆが》んだ笑いを浮かべたりもしない。ただじっとユミを凝視し、岩場に這いつくばり……消えた。

絶叫は、荒い呼吸に阻まれてすぐにはあがらなかった。再び焼けた砂地に崩れ落ち、顔まで砂に突っ込んでから迸《ほとばし》った。喉が破れるのではと、妙に冷《さ》めた一点で危惧《きぐ》しながらも、ユミは叫び続けた。彼方に錦蔵の乗った船の形が現れても、悲鳴は止まらなかった。

「どうされた、なぁ、どうされた?」

ふいに頭上が翳《かげ》った。ユミは反射的に仰《の》け反《ぞ》りながらも、その声のした方を見上げる。漁師のような半裸の褌《ふんどし》姿ではなく、この暑いのにきちんと着物を着た男がいた。その身形《みなり》とここらの男にしては白い整った顔立ち、優しげな風情、それより何より、左肩が下がった独特の体つきと歩き方を見れば、誰なのかはすぐにわかった。

わかったが、口をきくのはこれが初めてだった。ユミは彼を見上げた時、何かわからないが心底の安堵《あんど》を得てしゃくりあげてしまったのだ。それは彼が自分の職業柄か、ユミを子供のように優しくあやしてくれたからかもしれない。

「いえ、あの、わたし暑さにやられたんじゃろうか、変なものが見えて、あの……」

微笑《ほほえ》む彼の足元に、点々と不思議な模様になる足跡が続いていた。彼は杖《つえ》をつくほどではないが、左足が生まれつき発育不全なのだ。それは除け者のユミとて知っていた。

「変なもの？　ああ、あんたは漁村の生まれでないけん、暑さには弱いんじゃろ」

村一番の裕福な網元の息子は、贔屓している子供に向かい合った時のような笑顔だ。ユミは素早く涙を拭《ぬぐ》い、砂を払うと立ち上がった。あちこちに、魚を捌く女房達や小魚を獲る子供達がいるのだ。また何と噂をたてられるかわからない。ユミは後退《あとじさ》りする格好で彼から離れた。

本心では、まだこの男と何か喋りたかった。まったくの漁村育ちの男ではあるが、久々に町の匂《にお》いのする、つまり話が通じそうな相手を目のあたりにしているのだ。

しかし錦蔵に「あんな者にまで色目を使いやがって」と殴られてはかなわない。船はすぐそこまで接岸してきているのだ。ユミの身請けで自分の船を手放した錦蔵は、網元の所有する船に雇われて乗っていた。目の前の男の父親に使われているのだ。

「おお、旦那《だんな》が帰ってきたな。それじゃ」

左肩が大きく上下する独特の歩き方だが、物腰はあくまでも優しげで品があった。何を言っても怒鳴り声の錦蔵とは違う。何か美しい本の美しい活字を読み上げるような喋り方だった。ユミは錦蔵の身内の者にさえ口はきいてもらえぬため、久しぶりに錦蔵以外の人間と口をきいたことになる。束《つか》の間、肩の痛みも先程の恐ろしい情景も忘れていた。

だが痛みも恐れもぶり返す。船が港に着いたのだ。闇雲《やみくも》にユミを欲しくて船を手放した錦蔵だが、手に入れたユミは放り投げ、なくした船のことばかり恋しがっている。その癖、稼いだ金は岡山で使い果してしまう。今度は逆にユミを売って船を買い戻すかもしれない。

男達は猥歌《わいか》をがなりながら網ごと魚を引きおろす。翳《かげ》ってきた中で見る錦蔵はますます黒く獰猛《どうもう》で、ユミを認めてもちらりと顎《あご》をしゃくっただけだ。銀色の鱗《うろこ》が爆《は》ぜ、途方もない命の塊を無造作に仕分けながら先程とはまた違う熱気があがる。女房達も弾けながら押し合いへし合いし、網を引いた。腕は男並みに太い。一人所在なげに佇《たたず》むユミに、錦蔵は忌ま忌ましげに舌打ちする。誰かがユミをからかう猥褻《わいせつ》な言葉を投げ、笑い声が轟《とどろ》いた。

大漁と適量の酒とで、その夜の錦蔵は割合に機嫌が良かった。囲炉裏端で酌をしながらユミがさりげなく話題にしてみたのは、忌まわしい幻の話などではない。

「恵二郎のあの足は生まれつきじゃ。小せえ頃はよう虐《いじ》めたが、何せ網元の倅《せがれ》じゃ、今は頭があがらん。まぁ、あの体じゃあ漁師はでけん。何せ泳ぐこともできんのじゃけえ、お前より役立たずじゃ。そいでも良うしたもんで頭はええ」

恵二郎に対する男達の評価は、これに尽きるのだ。網元の息子、頭のいい教員。だが不恰好《ぶかっこう》に足を引きずって泳ぐことすらできず、嫁の来手がない。つまり、尊敬と軽視を半々に受けている。恐らく当人も漁師達に対し、優越感と劣等感の両方が絡み合っているであろう。

ユミは密《ひそ》かに連帯感を持つ。立場も生まれ育ちも何もかも違っているが、ユミもこの村では酌婦あがりの役立たずと馬鹿にされる反面、岡山の真ん中で派手に暮らした女と微《かす》かな憧《あこが》れと嫉妬《しっと》も受けているのだ。……だからあの独特の歩き方と足跡も、ユミにとっては物語の中の情景として美しかった。

しかし物語というならば、夕暮れ時に見たあの坊主頭の女もだ。あの不吉な物語の女なのだろうか。なぜ自分の元《もと》に現れたのか。潮風に始終がたがたと鳴る戸が今にも開き、真っ白にふやけた女が這いずって来るのではないかと想像すれば、錦蔵にでも寄り添いたくなる。

錦蔵はそんなユミを久しぶりに可愛いと思ったか、はだけた肩の青痣《あおあざ》にさすがに心が咎《とが》めたか、機嫌良くユミを引き寄せてきた。ユミはあの女のように、錦蔵の片足を摑《つか》んでみる。恵二郎の細い片足はどんな手触りか。ユミは目を閉じてそればかり想像してみる。

ユミは「あまぞわい」の話が好きじゃなぁ。岡山のそばの竹内島の話じゃ。

そわい、というんは潮が満ちたら沈んでしまうが、干上がったら出てくる浅瀬や岩《がん》礁《しょう》のことじゃ。海の水はなぁ、増えたり減ったりするんじゃで。それでまぁ、潮が引いてしもうたら出てくる小せえ岩山があってな。それがそわいじゃ。夏でもひんやり冷えた岩には真っ黒な洞窟《どうくつ》がのぞくんじゃて。どんなに黒い深い穴じゃろうなぁ。

その島でええ死に方をせんかった者はそこに居着くとか言われとるんじゃ。けど、祀《まつ》りはしとらん。満潮にゃあ沈んでしまうけん、お供えしてもみな流されるんじゃろ。祀っても何にもならんのじゃろうなぁ。

恐てえものか。婆も何遍か見たことある。いや、その話はまた今度にしょうや。その話は今夜はしとうない。いやいや、やめとけ。もうちぃと大きゅうなってから教えちゃる。

ユミが知りたいんは、なんで「あまぞわい」と呼ばれとるか、じゃろ。そわいはな、ここらの瀬戸内に面した村や島ではあちこちに散らばっとる珍しゅうも何ともないもんじゃけん、大抵は名無しのただの岩山や砂浜なんじゃけど、長浜村とその竹内島の間にあるそわいだけは、名前がついとるそうじゃ。そう、「あまぞわい」じゃな。

　婆が子供の頃もその名前で呼ばれとった。なんでも享保の頃からと伝えられとる。ユミよ、そわいはそわいに違いないが、「あま」には二通りの謂《いわ》れがあるんじゃ。

　婆が聞いたのは「尼」の方じゃった。尼僧様じゃな。今の岡山市内の南の方に尼寺があって、そこに一人大層きれいな若い尼さんが居ったんじゃと。周りの男どもは、話を聞いたり経をあげて貰《もら》うためにじゃのうて、その尼さんの顔見たさにその尼寺に行きょうったんじゃと。ユミみてえな可愛い顔しとったんかな、その尼さんは。

　その尼さんに誰より惚《ほ》れ込んだのが、その竹内島の漁師の男じゃったと。よう働く腕のええ漁師じゃったらしいが、気の荒いとこもある男での、それが尼さんに惚れて惚れて。ついには尼さんを無理遣《や》りに寺からさらって来たんじゃと。強引に嫁にしてしもうたんじゃな。ほんまは尼さんは、結婚しちゃあいけんのじゃぞ。

　その漁師は、尼さんを嫁にした当初はそりゃあ嬉《うれ》しゅうて嬉しゅうて、大事にしたんじゃて。下にも置かずに可愛がったんじゃろう。ところがなぁ、なんぼきれいでもお上品でも男はすぐ女に飽きるもんじゃ。それになんというても尼さんは、お経をあげてなんぼのもんじゃろ。網も引けんし、ましてや生臭の魚なんぞ口にもできんし捌いたりも出来りゃあせん。そんなこんなでだんだん鼻についてきたのか、鬱陶《うっとう》しゅうなってしもうたんじゃろうな。……男いうもんは、ほんとうに仕様がないのぅ。その上もう、同じ村に育った可愛いおなごが別にできとったらしいわ。そりゃ漁師にはやっぱり漁師の娘が似合いじゃろ。じゃが、そのおなごのことが尼さんにもわかったんじゃな。じぃっと家におるだけの尼さんは、幽霊みてぇな顔で漁師を責めたてたそうじゃ。

漁師はもう尼さんが家に居ると思うただけで厭《いや》で厭でかなわんなった。惚れた気持ちが強けりゃ強《つえ》えほど、憎い気持ちも同じに強うなるもんじゃ。そいでとうとう、漁師は尼さんを騙《だま》して海に連れ出したんじゃて。そうじゃ、真っ黒な洞窟のあるそわいにな。

そりゃあ干潮時に連れて行ったんじゃろ。何をどう言い繕うたかは知らんが、ともかくそこに置き去りにして、漁師は一人だけ船漕いで浜に戻ったんじゃ。泳げん尼さんは潮が満ちたらあっという間に溺《おぼ》れてしまうわな。

死体はあがらんかったそうじゃ。その漁師の男がその後どうなったかもわからんが、まぁ細々と生き長らえたんじゃろ。ただ、尼さんの供養をきちんとしてやっとらんのは確かじゃ。なんでて、今もあのそわいからは女の泣き声がするらしいで。

ユミよ、恐てえんか。はは、漁師にやこ嫁には行かんか。そねぇな恐てえものがある島にやこ、行きとうはないか。わからんで。厭じゃ厭じゃと強う思う気持ちは、その厭を引き寄せたりもするからのぅ。

もう一つの方の話はよう知らん。なんか、あまはあまでも、尼さんじゃのうて海に潜る海女さんじゃという話らしいがな。その海女さんは男を慕《しと》うて泣いとるらしいぞ。なあ、ユミ。男いうもんは、どねぇに惚れぬいた女でも、いったん飽きたら本当に無慈悲に捨ててしまうんじゃで。男は飽きた女やこ、海の藻屑《もくず》にしてかまわんのじゃ。死んだ爺さんがそんなかったなぁ。いや、もうええ。ユミは顔も知らん爺さんじゃけ。

今も泣き続けとるなんぞ、考えたらたまらんな。恨んで泣いとるんじゃろうなぁ。そう思やぁ、男を慕うて泣いとるという「海女ぞわい」の話の方が救われるか。

ほれ、話は仕舞いじゃ。もう寝んといけん。そうか？　そんなら、もう一つだけな。これもその竹内島の言い伝えじゃが、あそこはちぃっと変わった供養をするんじゃ。初七日に玄関先に灰を入れた盆を置いとくんじゃて。そこに鳥の足跡がありゃあ、死者は成仏しとる。猫や犬の獣の足跡なら、三途の川で迷うとる。あまさんの盆には何がつくじゃろうか。

あまぞわいは今も女の泣き声がするんじゃて。男を慕うて泣いとんか、男を恨んで泣いとんか。案外、海女の方が男を恨んどって、尼の方が男を恋しがっとるんかもしれんぞ。……そういうもんじゃ。

そわいは宗谷という字を当てるのだと教えてくれたのは、錦蔵の爺さまでもユミの婆ちゃんでもなかった。

「あまぞわいは、尼宗谷じゃわ」

萎《な》えた片足を撫《な》でながら、ユミは言った。一体いつどこで、恵二郎と逢引《あいび》きの約束などしたのか。一体いつどこで、恵二郎と小学校の教室横の六畳間で抱き合うことなど思い描いたのか。頭脳明晰《めいせき》なはずの恵二郎とて、似たようなものだった。

まさに寝物語として、恵二郎は「あまぞわい」の話をしてくれた。さすがに恵二郎はどちらの謂《いわ》れも知っていた。どちらが正しいのか確かめる術《すべ》はないが、ユミは亡き祖母の方をこれからも信じることにした。あの日、足にすがりついた女は尼だったからだ。

「尼さんの幽霊に逢《お》うた、と言うたら信じてくれるん？」

萎えた片足は子供のように小さく清らかで、愛らしい存在なのだった。

「信じるで。尼さんはユミさんにそっくりな境遇じゃけんな」

女は初めてだと言ったのに、この慣れたふうはなんなのか。射し込む西日は熱く、障子紙に映る葉影も濃い。浜辺を女房達の歌声が通り過ぎていく。大漁を祝うのにななぜ物憂く投げ遣《や》りなのか。

子供達がみな帰ってしまった後の木造校舎は、死んだ魚を隠す場所のようだった。

教員の休む部屋として畳の敷かれた六畳間は、誰が運んだか砂が落ちてざらついていた。昼なお暗い納戸《なんど》には、死んだ羽虫の死骸《しがい》が花弁のように積もっている。

やっぱり首から下は真っ白だ、と村で一番の賢い男は囁《ささや》いた。最初に逢った時から、こんな色だろうと想像していたのが当たったと、村でただ一人の泳げぬ男は呟《つぶや》いた。

ユミはただ黙って、どこよりも丹念に萎えた片足を撫でた。

「婆ちゃんは若い頃の話は何もせんかったけど。もしかしたら、この竹内島に居ったことがあるんかもしれん。そうでなきゃ、あんな話は知らんじゃろ」

網も引かず魚も摑《つか》まぬ恵二郎の手は、ユミを撫でるためにその滑らかさを保っていたかのようだった。恵二郎はユミの呟《つぶや》きに、少しだけ微笑む。戸口の隙間《すきま》から砂が吹き込んで畳もざらついていた。湿った砂、乾いた砂、どこに逃げても隠れても足元には砂がある。そうしてどこの戸口からも海は見える。ここは村外れとはいえ、絶え間なく打ち寄せる波の音は大きい。土間に立てば、波濤《はとう》のきらめきは目に痛かった。

身繕いを済ませ、人目を気にしながらユミは外に出た。これが錦蔵に知れれば、まず間違いなく伝説の尼のようにあの岩礁に連れ出され、自分は沈められる。

そうなれば自分は夜毎啜《すす》り泣くか。弱まらない陽射しの下、ユミはよろめく。泣くとしても錦蔵を恨んでではなかろう。恵二郎恋しさに泣くのだ。

「いいや、それは違うじゃろ」

ふいにユミは立ち止まる。またしても、あれだ。足の裏が凍える。ここはどこなのか。なぜ足の下に硬い岩があるのか。耳鳴りと海鳴り。冷えた耳たぶに冷えた息がかかる。坊主頭の美しい女は、いきなりユミの疲れた肩に顔を載せてきた。背後から覆い被《かぶ》さってきたのだ。息はどんな腐った魚より生臭かった。

「男に惚れるというんは、どうやっても最後には男を恨むことになる」

首筋が動かない。ユミは棒立ちになったまま、身動きできない。冷えきった尼は、憎々しげにユミの乱れた黒髪を握った。引き毟《むし》られるのではと、ユミは目を瞑《つむ》る。

「あんたも、最期はあまぞわいじゃ。潮の満ち引きだけで生死が決まる。男の気紛れで、女は生死が決まる。怨《うら》めや。泣けや」

尼のけたたましい哄笑《こうしょう》は、ユミの戒めを解いてくれるものでもあった。松林から激しい蟬《せみ》の鳴声が降っていた。ユミはこの熱波の中で震える。昨夜、錦蔵に殴られた耳の上が痺《しび》れていた。痣《あざ》のついたそこを、恵二郎は愛おしげに舐《な》めてくれたのだ。その耳たぶに、死霊の尼は厭な厭な説法をくれたのだった。

立ち止まると凪《な》いだ海が正面にある。女房達は決してユミには教えてくれない噂話に沸き返りながら、網を繕い小魚を取り分けている。遥か沖では打瀬網《うたせあみ》を引く錦蔵の船が曳航《えいこう》を続けている。艫《とも》と舳《へさき》の突き出した柱に袋網をつけ、底に住み着く魚を引く。自分が求め慕い、待ち焦がれているのはその船の男ではない。

ユミは乱れる髪を押さえ、声にならない声で叫んだ。恋しくて泣くのは自分だ。あの愛らしい片足を引きずる男を待ち続けるのだと。消えたはずの尼が、満足気に首筋に生臭い息を吹きかけてきた――。


あまぞわいは竹内島と長浜村の間にあり、干潮時であっても船でなければ渡れない。だがユミは居ながらにしてあまぞわいを見られる。朝焼けの茜色《あかねいろ》に染まる海に、それ自体が巨大な魚影に似た波を押し分け、錦蔵の乗る船が出航していく時。見送るユミは、嵐《あらし》が来てみな死ぬがいいと願っている。願う時、足の下には凍える岩がある。他の女房は早くも焼けた砂浜にいるのに、ユミだけがかじかんでいる。

岡山の東中島遊廓でも歌われないような猥歌を、赤銅色《しゃくどういろ》に焼けた女房達は乳房を揺らしながらがなりたて、銀の鱗《うろこ》を飛ばしながら魚を割く。ユミはそれを横目に見ながら、そそくさと通り過ぎる。一人だけ裾を絡げないユミはお引きずりさん、と揶揄《やゆ》される。錦蔵が近くにいる時はさすがに遠慮されるが、一人の時は容赦なく蔑《さげす》まれる。

「魚にも酒飲ませて酔わせてみぃや」

漁村に住み漁師の女房となっても、あくまでもユミはいかがわしい酌婦なのだった。

それと同時に、岡山の中心地で生まれ育ったお高い町の女、なのだ。

もしユミが他の女房達が嘲《あざけ》り笑うようないかがわしく小狡《こずる》い酌婦そのものであれば、

開き直って女房達にも愛想笑いと追従《ついしょう》をして仲間に入れてもらえるよう頭を下げるだろう。また、もしユミが他の女房達に敵意を抱かれるほどの華やかな町育ちのお高い女であるならば、魚臭い薄汚れた女どもに何を言われようが痛くも痒《かゆ》くもないと、昂《こう》然《ぜん》と頭をあげていられるだろう。

ユミはどちらにもなろうとしてなれなかった。いつも俯《うつむ》き加減に口を噤《つぐ》んでいる他なかったのだ。

そんなユミの曖昧《あいまい》さ、摑み所のなさが、ますます女房達には異端者、余所者《よそもの》として格好の標的になっていた。それは岡山で酌婦をしていた時と似ている。自分では大人しく従順にしているつもりなのに、客にはよく何様のつもりでお高くとまってんだと怒られていた。

思えば錦蔵は「岡山の女」が欲しかったのだ。白い肌に白粉をはたいた女に焦がれたのだ。白粉はすぐに落ちるし、肌も焼けば黒くなることに気づいたのは、船を売った後だったのか、ユミを身請けした後だったのか。

岡山の女でなくなり、漁村の女にもなれずにいるユミは、壁が崩れて戸の外れかけた暗い家でひたすら夕暮れを待つ。ほとんど錦蔵が金をくれぬため、浜辺に出て打ち上げられた小魚や海藻を拾いもする。食物が地面に落ちているなど、これだけは岡山よりいい。人を焼くのと同じ匂いがすると忌まれる小魚の味にも、もう慣れた。

やがて大気に湿り気が増す頃、ユミはぱさつく髪を撫で付ける。土間から見える砂浜に濃い松の木の影が落ちるのを待ちかね、ただ一足の草履を突っ掛けて出ていく。目指すのは村外れの小学校だ。哀しみなのか喜びなのか自分にもわからない熱さに押されて出かけて行く。

子供のいなくなった校舎の裏で恵二郎に会う。愛しい男なのに、背後に洞窟があるようだ。どこから吹き込んでどこへ抜けるかわからない風が吹いている。誰もいない。いるのは自分と恵二郎だけだ。

「わしは、女は諦《あきら》めとった」

卑屈にでも何でもなく、淡々と恵二郎は微笑む。左足は子供のままで、右足だけが余計に大きい。こちらに体重がかかるためだろう、漁師に負けぬほど逞《たくま》しい。だがユミは左足が好きだった。いつまでも頰摺《ほおず》りをしていた。

「わたしも、結婚は諦めとった」

寄り添いながら、ユミは低く囁《ささや》く。こんなところを誰かに見つかれば、共に破滅だ。恵二郎は網元の息子だからとんでもない目には遭わされないだろうが、あの錦蔵が我を忘れて襲いかかることは考えられる。昨日も口答えをしたと髪を摑んで引き摺り回され、土間に蹴落《けお》とされていた。その痣に丹念に舌を這《は》わせる恵二郎が可愛い。狭い村のことだ、恵二郎とてユミの素性は知っているだろう。

「二人とも、諦めとったことが叶《かの》うたんじゃな」

小さく笑いあう。障子の陰でも誰かが笑った。村人が覗《のぞ》いているのではない。尼がいるのだ。そこだけ赤い舌の先で障子紙に穴を開け、血走った目を覗かせている。

「しゃあけど一つの願いが叶うたら、また願いを持つ。欲には限りも終わりも無い」

ふと、ユミは顔をあげた。恵二郎がいつになく昂《たか》ぶっているのが感じられたからだ。逆光の中、恵二郎の白い顔はいつになく紅潮していた。微《かす》かに左足が痙攣《けいれん》していた。

「わしは、ユミと所帯を持ちたい」

ユミはぼんやりと恵二郎の背後を透かしていた。突き上げる喜びも、崩れ落ちるような辛さも何もなかった。ただ、目を見開いていた。

「ユミがここに来た時から、気にはなっとった。なんでかわからんが、この女はここへ来たんじゃのうて、ここへ帰ってきたように思えたんじゃ」

水底に沈められたかのように、耳鳴りがして息が詰まる。もう一人女がいるのだ。ぞろりと黒髪を垂らし、青ざめてはいるが日焼けした肉付きのいい女だ。ここらの女のように肌脱ぎで、獰猛《どうもう》な感じさえする乳房に大きく抉《えぐ》れた歯形があった。鱶《ふか》に食われた傷痕《きずあと》だ。

ユミは体温を失った。体の深奥から震えがきた。実際は、何もかも筒抜けのこの狭い村で姦通《かんつう》の罪を犯したことへの戦慄《せんりつ》と、いずれ錦蔵に露見して殺されるという予感めいた痺れが呼び起こした幻だったのかもしれない。だが、幻はなかなか消えない。

無言で固まるユミに、恵二郎は強い感情を抑えながら続けた。

「無論、ユミが錦蔵の女房じゃとはわかっとる。離縁してくれなんぞ、この口からは言えん。なんぼ錦蔵が雇い人じゃというても、それは通らん」

轟々《ごうごう》と風が鳴っていた。耳のすぐ後ろで吠《ほ》えていた。海女は手に錆《さ》びた刃物を握っている。海水が滴り落ちているが、それは赤い。錆なのかそれとも……。海鳴りが吠えた。

ユミはようやく戒めを解かれ、かすれた悲鳴とともに突っ伏した。

自分は孤立した海原に一人放り出され、来ない助けを待っている。

「わたしも恵二郎さんが好きじゃ。一緒になれたらどねぇに嬉《うれ》しいじゃろうか。しゃあけどそんなん、出来る道理がなかろう」

自分は錦蔵の女房だというだけではない。恵二郎は村一番の分限者の網元の息子なのだ。祝福するどころか誰一人容認すらしないだろう。そんな夢物語の前の現実として、あの酌婦あがりは網元の倅《せがれ》まで誑《たぶら》かしたと、ますます差別と排斥が激しくなるのは必至だ。

そうなれば錦蔵に殺されるまではいかずとも、身一つで村を追い出されるのは間違いない。こんな鬱屈《うっくつ》した村でも、いさせてもらう他はない。岡山にはもう帰る家も迎えてくれる人もいないのだ。

昴ぶりに任せて言い放ったとはいえ、恵二郎とてそんなことはちゃんとわかっている。もうそれ以上、何も言わなかった。ユミは少しだけ泣いてから、帰る、と低く呟《つぶや》いた。

辺りは静まり返っていた。遥かな沖から海風と海鳥の声がするばかりだ。黄昏《たそがれ》の色に染まるけば立った畳の上で、二人は手を握りあった。その手と手を包む、冷えきった手もあった。これから帰る家こそが、真っ黒な洞窟に思える。

ユミの方が先に出た。ユミはいつも振り返らない。置き去りにされる格好の恵二郎を見下ろすのが切ないからだ。黄昏の潮風には遠い秋の冷やかさが含まれていた。

すでにどこの女房達も船を迎えに出ている。賑《にぎ》やかで輪郭の濃い女達は、接岸されると網を引く手伝いに駆けていく。浅い海とて雑魚《ざこ》が大半だが、網を突き破らんばかりの銀の鱗の塊は夕闇《ゆうやみ》にも眩《まぶ》しい。ふらつきながら近付いたユミは、故意にか弾みでか突き飛ばされ浜辺に転がった。反転した空は青黒い鮫《さめ》の肌で、海は夥《おびただ》しい魚の死骸《しがい》を浮かべていた。

手が摑んだのはぞろりと長く滑る髪だった。真直ぐにユミの心臓を狙《ねら》う角度で、砂から錆びた包丁の切っ先が突き出ていた。ユミは啜《すす》り泣いた。そんなユミに誰一人手を貸そうともしない。いや、見向きもしない。のろのろと立ち上がれば、無表情に立ち尽くす錦蔵がいた。手には何もなく砂地にも尖《とが》ったものは貝殻しかない。

「何をしとるんじゃ。ほれ、帰るで」

大漁のためだろう、今日の錦蔵は機嫌がいい。手を貸して立たせてくれる。何の疑いもなく、ユミが後からついてくると信じている大きな背中を見ていると、涙がこぼれた。まだ、何かの望みや願いをこの背中に託しても許されるのだろうか。

浜辺には無数の足跡が残されている。波に洗われ風に消され、また新たな足跡が刻まれていく。恵二郎の足跡を探してみるが、それは一つもなかった。

その晩、ユミは奇怪な唸《うな》り声に眠りを覚まされた。板戸の破れ目から月光が青白く射し込む以外に明かりはない。闇の中、隣で寝ている錦蔵が唸っているのだった。あんた、と押し殺した悲鳴が出る。

「どうしたんじゃ、なぁ、なぁ」

揺すぶると、錦蔵は目を開けて跳ね起きた。獣のような息を吐く。

「いや、夢を見たんじゃ」

子供のように頼りなく羞《はず》かしげに、そう呟いた。瞬間、その夢の残像がユミの瞼《まぶた》にも映り、ユミはすがりつく。汗で熱の匂《にお》いがした。

「……あまぞわい」

耳鳴りがして、その言葉以外は聞こえなくなった。感覚が戻るまでに暫《しばら》くあった。

頭を抱える錦蔵は、そのまま再びごろりと寝転ぶ。

「……死んだ爺《じい》さんが、あまぞわいの洞窟に居《お》った」

海鳴りは近くに遠くに聞こえる。月光はあくまでも冴《さ》えている。

「もう一人、全然知らんどこかの婆さんが居った」

ぞくり、と背筋が冷えた。背中をなぶる青い月光は、刃物のように尖っている。ユミはその婆さんが瞼に浮かばぬよう、強く頭を振った。見知らぬ婆さんでも、死んだ婆ちゃんでも厭《いや》だ。震えを抑えるためにも、ユミは錦蔵に優しく手を伸ばす。

「その二人は何をしようったん？」

できるだけ甘い柔らかな声で囁き、背中を擦《さす》ってやる。

「……言えん」

錦蔵は心底怯《おび》えていた。大きな男が丸まって縮こまっているのは滑稽《こっけい》ですらあるが、逆に怯えの大きさも伝わってくる。錦蔵は、爺ちゃんに恐《きょう》てえ話を聞かされて一人で小便にも行けなんだ子供の頃に戻っているのだ。

「言うて、本当になったら困る」

ユミはもう、それ以上は何も言わなかった。再び錦蔵の隣にそっと横たわりながら、錦蔵の夢に出てきた婆ちゃんを想う。幼いユミは、大きゅうなったらお嫁に行くと願っていた。今の自分はお嫁をやめたいと願っている——。

思えば、今の今まで事が露見しなかった方が不思議なのだった。小さな島の狭い村だ。村人すべてが顔見知りで、どこででも知った者に会うのだ。いつものように人目を忍んで校舎の奥で逢っていたはずだったのに、障子をいきなり蹴破ったのは、錦蔵だったのだ。

ユミは声も出せず、ただ着物の前を慌てて合わせることしかできなかった。恵二郎は水死した者のような顔色で、ただ座り込んでいた。

「誰とは言わんが、ユミと恵二郎がこそこそ何かしようると、耳打ちしてくれた者が居ったんじゃ。まさかとは思うたが……このアマ」

今日は台風の気があったため、錦蔵達は早めに引き上げてきたのだ。風の温《ぬく》さや波の不穏さに、町育ちのユミも漁師の経験のない恵二郎も気付かなかったのだった。

錦蔵はまさに赤鬼だった。荒い岩肌に似た顔をどす黒く怒りに染めていた。やはり岩礁《がんしょう》を思わせる太い腕を振り上げると、ユミの頰を張り倒した。それだけでユミは転がる。頰よりも打ち付けた腰が疼《うず》いた。

乱暴の手順はいつも同じだ。このアマ、と怒鳴られる。腰の辺りを蹴られると、髪をひっ摑まれる。そのまま後ろに引き倒すと、腹に跨《また》がって首がもげそうになるほど頰を張られた。抵抗などできるものではない。圧倒的な力なのだ。その勢いについていくのがやっとの有様で、悲鳴すらあげる間がない。

ユミが殴られている間、恵二郎はただ頭を抱えてうずくまっていた。たとえ自棄糞《やけくそ》な反撃を試みても、その腕の一振りで粉砕されるのは目に見えていた。といって一人で逃げ出そうともしない。ただうずくまっているのだ。

ユミが虫の息になったところで、やっと髪から手を離した。ユミは絞りすぎてぼろ屑《くず》になった手拭《てぬぐい》のように放り出され、息だけをつく。鼻血で鉄錆の匂いが満ちる。瞼は腫《は》れ上がり開かない。頭も何もかも痺れていた。刹那《せつな》、体が浮き上がり瞼に眩しい色が広がった。ユミは気を失ったのだ。

気を失ったのが苦痛のためなら、目を覚ましたのも苦痛のためだった。どんな格好をしても息の詰まる痛みと骨の疼きから逃れられはしないが、胸を大きく上下させながら仰向けになる。肺臓が軋《きし》む。腫れた瞼の隙間《すきま》から異様な光景が覗けた。

……赤鬼が洞窟《どうくつ》で人を貪《むさぼ》っていた。錦蔵はユミに行なった激しい暴力とは違い、恵二郎には静かな殺意を向けていた。恵二郎に覆い被《かぶ》さり、首を絞めあげていたのだ。

鬱血した恵二郎の顔が見え隠れし、ユミの上で天井がぐるぐると回った。起き上がろうとしてできなかった。ユミの手は尼が、ユミの足は海女が押さえつけていたのだ。

冷えきった女達は無表情に、ユミの体を押さえつけている。洞窟が迫ってきた。錆の匂いに満ちている。真っ黒に視界を塗り潰《つぶ》された。唸り声は恵二郎か自分か。ユミは再び気を失うことができた。尼と海女は幻の引き潮に乗り、あの洞窟に帰っていった――。

……瞼は腫れていたが、かろうじて開けることはできた。節々が痛んだが、どうにか半身を起こすことはできた。すでに薄暗い部屋で、まず見えたのは錦蔵の座り込んだ姿だ。身じろぎもせず、石に化したかのように固まっている。その膝《ひざ》の下から、長々と異様な影が伸びていた。その影には厚みがあった。

恵二郎なのだ。恵二郎が畳に伸びているのだ。こちらも微動だにしない。いや、錦蔵は動かないといっても荒い息はついているし、背中もわずかに動いている。恵二郎は本当に動かなかった。動かないのも道理だ。呼吸をしていないのだから。

初めてユミの喉《のど》から、甲高い悲鳴が迸《ほとばし》った。悲鳴をあげることだけが、ユミの生きている証《あかし》なのだった。その悲鳴で、錦蔵が裂けそうに目を見開いてユミを見た。悲鳴をあげる形に口を開いて固まっている。どうやら錦蔵は、ユミは死んだと思っていたようだ。己れの手で殴り殺したつもりでいたようだ。

錦蔵にとっては、息を吹き返したというより幽霊になって戻ってきたユミなのだから、再びその手を伸ばしてくることはなかった。とどめを刺すには精も根も使い果していた。怒りと興奮は、この現実の前ではいつまでも続かない。ユミは息を吹き返したが、恵二郎の方はどうやってもこちらに戻ってきそうにはないのだ。

いきなり、錦蔵はユミを抱き上げた。涎《よだれ》で不精髭《ぶしょうひげ》が汚れていた。険しい顔はどす黒く歪《ゆが》み、眉間《みけん》の皺《しわ》は鑿《のみ》で刻んだほどに深まっていた。

「……やってしもうた。おい、やってしもうたんじゃ」

抱きかかえられたユミは、不自然に首を捻《ねじ》って横たわる恵二郎のどす黒く鬱血した顔を見せつけられた。鼻血が流れていた。口をかすかに開け、歯を覗かせていた。少しだけ、笑っているふうでもあった。絞められた際に失禁したものの臭《にお》いが鼻をうった。縮かんだ足の裏は失禁したもので濡《ぬ》れていた。

こういう時には気を失えないのだ。しん、と醒《さ》めてきて、酷《むご》い現実をまじまじとその瞼に焼き付けてしまう。今夜から悪夢ばかり見るのだろうと、ユミはどこか他人事《ひとごと》として思った。

頭の外側も中身も芯《しん》も、すべてが重苦しく痛んだ。どれが幻でどれが本当なのか判断できかねた。ついさっきまで語り合い抱き合っていた恵二郎が、物言わぬ骸《むくろ》となって目の前に横たわっているなど、どのように受け入れればよいのか。しかも、そうしたのが錦蔵だなどと。この後どういうふうに後始末をつければよいのか。

「……わかっとろうな、ユミ」

赤鬼は怯えきっている癖に、逃げる算段をつけていた。いったんは殺したはずの女に、助けを求めているのだ。恵二郎の方にこそ生き返って欲しいだろう。だが恵二郎は生き返ったとしても、人殺しの後始末は手伝ってくれないだろう。

「恵二郎は網元の倅じゃ。わしがその恵二郎を絞めたなぞとわかってみい、牢屋に入れられる、縊《くび》られるだけじゃ済まんのじゃで」

再びユミを畳に投げ出し、錦蔵は体を支えるために手をついた。死体を拝む格好だ。ユミも死体の格好をしたまま、天井ばかりを見上げた。ひび割れた頬を涙は伝い、開けた口に流れ込んできた。やはり、錆の味がした。

「わしの兄貴んとこも、弟んとこも、妹の嫁にいった先もじゃ。とにかく親戚《しんせき》中みな、この村には居れんようになる。無論、ユミもじゃで」

ああ、自分はこの男の嫁だった。今更ながらに知る。そうだ、そこに横たわる男の嫁ではなかったのだ。互いにそれを望んだことはあるにしても。

「陽が落ちてしまうまで、ここに居るんじゃ。誰にも見られんようにな」

自力で起き上がったユミは、そっと恵二郎の左足を撫《な》でた。ユミの手のひらに収まるほど小さな足は、まだ温もりが残っていた――。

そこを出る前に、畳を雑巾《ぞうきん》で丹念に拭《ふ》き取った。その雑巾も持ち帰って焼き捨てることにする。ユミは出る前に一度だけ振り返った。この部屋にもう入ることはない。

明日からまた風だけ吹く砂浜を胸に広げ、その砂を噛《か》む日々を費やすのだ。

月明かりの中を、恵二郎を背負った錦蔵は黙々と歩く。背中で小さな片足が、愛らしく揺れていた。黄泉路《よみじ》にも似た暗い砂浜を、ユミもよろめきながら歩く。

浅瀬でだけ使う小舟を引き摺《ず》りだし、二人は無言で乗り込んだ。痩《や》せていた恵二郎だが死体は重い。三人が乗ると沈み込んだ。暗夜の海に漕《こ》ぎだすにはいかにも小さな舟だ。黙々と櫓《ろ》を動かす音だけがする。月は細く雲は暗く死体は重い。

舟はあまぞわいの近くにまで来た。今は没しているため、どこにあるともわからない。海女の泣き声も尼の泣き声もない。啜り泣くのはユミだ。誰かが風に乗るこの声を聞けば伝説は本当だと怯えることだろう。果たしてそれは尼と思うか海女と思うか。

「潮の道筋にもよるが、すぐには流れ着きゃあせんじゃろ。ええころに腐ったら首を絞めた痕《あと》もわからんようになるはずじゃ」

目も鼻もわからぬ影法師は、押し殺した声で告げる。死体を引き摺り、舳先《へさき》に押し上げる。思わずユミは手を合わせ、必死にうろ覚えの経文を唱えた。舟の外に沈めるのはあっけないほどすぐに終わった。恵二郎は静かに沈んでいった。漁村に生まれ育ったのに一度も海に潜らなかった男は、死んでから海に呼ばれたのだ。

ユミは惚《ほう》けたように舟の揺れに身を任せている。ユミは錦蔵の背後に、今この時間に覗《のぞ》くはずのない岩礁を見ていた。あまぞわいはぽっかりと黒い口を開け、恵二郎をも飲み込もうとしていた。

錦蔵の死んだ爺さんと、ユミの死んだ婆さんがいた。二人は老いた雛《ひな》人形のように行儀よく並んで座り、錆びた包丁を真ん中に立てていた――。

……どのようにして岸に着いたのか。いつ船を降りたのか。気がつけばユミは錦蔵に背負われ、家路を辿《たど》っていた。砂浜に錦蔵の足だけがめり込む。その後ろを、縮かんだ小さな足跡がつけてきている。ぽとぽと控えめな足音を立て、小さな足跡は家の前までついてきた。それは激しい潮風に吹きさらされ、すぐに消えてしまった。

「ユミと恵二郎が怪しい言うたんはうちの兄貴の嫁じゃけん、心配は要らん。たとえ巡査が来たとしても、余計なことは告げんはずじゃ。わしらが黙っとりさえすりゃあええ」

錦蔵の腕力の強さと気の短さを慮《おもんぱか》れば、他の村人とて下手なことは口にしないだろう。二人は固く抱き合って眠った。とうに岡山の酌婦や女郎や、同じ村の後家などの方に心を移しているとはいえ、命さえ左右する秘密を握る女はユミだけなのだ。憎しみと不安を無理遣《や》り情に変えられるかどうかはわからないが、ともかくその晩は抱き合い二人は床に就いた。

耳を澄ませるが、男の恵二郎は啜り泣いたりはしていない。恵二郎を絞め殺した太い腕は、今宵はユミの枕《まくら》になった――。

恵二郎がいなくなったことは当然ながら翌日すぐに騒ぎになった。しかしいくら片足が不自由とはいえ、立派な大人の男だ。にわかに事件には結びつけない。それでも親は駐在所に届け出をし、近隣の山や林の中も村人によって捜索された。素知らぬ顔で錦蔵も加わった。

ユミは腫《は》れた顔を隠すため手拭《てぬぐい》をかぶり、家から出なかった。それに節々が痛んで、歩くのにも不自由したためもある。恵二郎のあの足のように縮かんで過ごした。隠れてさえいれば嵐《あらし》は過ぎ去るのだ。そう信じて耳を塞《ふさ》ぎ目を塞ぎ口を噤《つぐ》んだ。海女も尼も洞窟に潜んだまま出てこない。

恵二郎のいない朝が明けたというのに、あくまでも蒼空《そうくう》は深く、海は穏やかで漁師達は陽気だった。浜辺に濁声《だみごえ》の舟歌があがり、海鳥は喧《やかま》しい。あまぞわいは没しては現れ、現れては没し、不吉な言い伝えなど知らぬげに潮風に吹かれている。

恵二郎などいなかったし、出会わなかったのだ。ユミは必死にそう思い込もうとした。自分は望まれて望まれて、錦蔵の嫁になってここに来たのだ。ここらの女房達よりひどいざんばら髪に前をはだけた姿で、ユミはうずくまり続けた。

あれから何日経っただろうか。尼の幻も海女の幻も、ましてや恵二郎の亡霊など一度も出てこない。恋情に狂っていたからこそ見た幻だったのか。潰《つい》えた今はもう、何もない。不穏な噂も立たず、ユミの顔の腫れも体の痛みも引いていた。

うって変わって、錦蔵は優しくなった。料理屋に通いつめていた頃ほどではないが、手を挙げることもない。夫婦としてより、共犯者としての方が優しくなれるらしかった。下手にユミを刺激して、あらぬことを口走られたらまずいというのもあったろう。

繕いものをしていた手を止め、ユミは凝った肩を叩《たた》いた。そろそろ夕暮れ時だ。迎えに出なければならない。浜に集う女達は、さすがに網元の息子の噂には声を顰《ひそ》める。しかし恵二郎は、さっそく「岡山の女と駈《か》け落ちしたらしい。岡山駅で見た者が居る」などという無責任な噂を立てられていた。警察がどれほどの捜索をしているかはわからない。第一まだ事件と決まってはいないのだ。

ユミは裾を摘《つま》んで砂浜に出た。今しも錦蔵の乗った船は接岸するところだった。褌《ふんどし》一丁の男達が、膨らんだ網を引き摺り降ろす。女房達が歓声をあげて銀に輝く魚に群がれば、たちまち大漁の歌が弾ける。野卑なのに心地よい手拍子は遠くどこまでも届く。だが、月が黒雲に隠れるように、突然ふっつりとその歌は止んだ。

何とも言えない静けさに浜辺は浸された。赤鬼に似た錦蔵が、茫然《ぼうぜん》と立ち尽くして網目から覗く何かを凝視している。笛に似た悲鳴があがった。歌の続きではない。長々と尾を引く、本物の悲鳴だった。腰を抜かす女もいた。

網の中に、巨大な腐った魚がいた。

長く海を漂っていたため髪も眉《まゆ》も抜け落ちてしまい、鼻も溶けて人相すら定かではない人間だ。潮に巻かれて着物はすべて脱げおち、剝《む》けた裸身を晒《さら》している。海底にいたため真っ白だった体は、蒸せる砂浜ではたちまち真っ赤に膨張して蟹《かに》のように泡を吹き漏らした。股間《こかん》には蕩《と》けているが、男の痕跡《こんせき》があった。そうしてその男は、左足だけが小さく細い。それは誰の目にも明らかだった。

「……恵二郎じゃ」

女達の悲鳴と男達の怒号の中、ユミはその場にへたりこんだ。錦蔵は無言で立ち尽くすだけだ。酸《す》っぱいものが込み上げてきた。ユミはうずくまって吐いた。あのような異形のものと自分は抱き合っていたのだと、胃の腑《ふ》が痙攣《けいれん》するまで吐いた。

すぐに何人かが駐在所に走り、巡査をつれてきたが、あまりに腐敗が激しく傷《いた》んでいたため、一目見ただけでは死因はわからなかった。その後、県立病院に遺体が運ばれ検死も受けたが、やはりはっきりした死因はわからなかった。巡査が何人も各家を回って聞きこみをしたが、恵二郎は誰かに恨みを買う謂《いわ》れはないと、誰もが口を揃《そろ》えた。そのため、呆気《あっけ》ないほど早くに、自害か事故ということに落ち着いた。

自害の理由は当人も常々口にしていたが、なかなか嫁の来手がないというものだ。事故説はやはりその足のため、何かの拍子にどこかの岩場から落ちたのだが泳げなくてそのままになったというものだ。どちらも、実にもっともらしかった。誰かに殺されたとするより、よほど真実味があった。

錦蔵とユミは、一切その話をしなかった。誰かに聞かれたら困ると警戒したからではない。ないことにしてしまっているからだ。二人とも他の村人と同じように、恵二郎は自害か事故死だと思い込もうとしたのだった。

それからの夫婦仲はまた違った形になった。仲睦《なかむつ》まじくなったのでもなければ、再び錦蔵の暴力が始まったのでもない。よそよそしいただ同居するだけの男女となったのだ。

これまでの鬱陶《うっとう》しさとは違う。殴る亭主でも恐い亭主でもない。自分の罪を知る者なのだ。それは錦蔵にとってもだ。ユミは役立たずの嫁でも不機嫌な嫁でもない。自分をいつ密告するかわからない者なのだ。それゆえ、離れたくても迂闊《うかつ》には離れられない。


婆ちゃん、婆ちゃん、ユミはなんでこんなところに嫁に来たんじゃろな。

爺ちゃん、爺ちゃん、キン坊はなんで人殺しやこうになったんじゃろうな。

ユミや、男というものは、そういうものなんじゃ。

キン坊よ、女というものは、そういうものなんじゃ。

——さすがに村一番の分限者、網元の家の葬儀は祭りと見紛うほどのものだった。

白菊は溢《あふ》れ返り、岡山から呼んだ総勢十人の僧侶《そうりょ》の読経は遠く長浜村にまで届いた。

村中総出で手伝いに集まり、今日ばかりは女房達もきちんと着物を着ていた。晒布《さらし》を引き裂きながら死装束を縫い、煮炊きの竈《かまど》は盛大に炎をあげた。村外れの墓地に続く列はどこまでも途切れなかった。人殺しの夫婦も、粛然と葬儀の列に加わった。

啜り泣きの声に目を閉じれば、それはあまぞわいの尼と海女の声になる。ユミは一心に経文を唱え続けた。足の裏にあの岩の冷たさが蘇《よみがえ》る。洞窟《どうくつ》の臭《にお》いと恵二郎の腐臭が混じりあう。あの日、恵二郎とともに水揚げされた魚はすべて処分されていた。その魚はみな、恵二郎の肉を食らっていたからだ。夥《おびただ》しい死魚は白い腹を光らせてまた海に戻っていった。

初七日が来るまで、ユミは密《ひそ》かに恵二郎の家の前に通い続けた。錦蔵の家にあっては貴重なはずの米の粉や豆を撒《ま》き、鳥が沢山ここに飛んでくるようにと願った。二言目には、お前のためにどんだけ金を使《つこ》うたか、と吐き捨てる錦蔵の目を盗んでは、少しずつ米粒まで持ち出した。それは例の、この島特有の初七日の風習のためにだ。

死者の家の前に、灰を入れた盆を置いておく。鳥の足跡がつけば死者は成仏している。その願う気持ちの中には、化けて出ないでくれというのもあった。

錦蔵は変わらず網元の家の船で漁に出ている。精悍《せいかん》な黒さから煤《すす》けた黒さに変わった顔色は、その船の持ち主の息子のことを考えているのか、ユミと引き替えに手放した自分の船を想っているのか。しかし岡山に遊びに出ることも、村の後家や娘に夜這《よば》いをかけることも慎んではいるし、無闇《むやみ》にユミを殴ったり怒鳴ったりもしなくなっていた。

ユミはそんな錦蔵が疎ましくもあったが、僅《わず》かな哀れみも抱いてはいた。それにこの村を離れてあの男と別れたら、自分はまた岡山の酌婦にでも戻るしかない。それならまだましな方で、ひょっとしたらついに女郎に堕ちるか、最悪の場合は人殺しの共犯として獄に繋《つな》がれることもあり得るのだ。

目を細めれば、きらめく海面の明かりは岡山の夜の店先の明かりにも見えた。この向こうには長浜村、その隣には岡山市があるのだ。なぜこんなに遠いのかと、ユミは睫毛《まつげ》で涙を震わせる。目に映る距離なのに、泳いでは帰れない。

——やがて恵二郎の初七日が来た。夜明けに灰の盆は出されるはずだと、ユミはこっそり錦蔵の寝ている間に家を出た。海鳥は早くも賑《にぎ》やかに鳴いている。雀の声も鶏の声もある。どうかどうか灰の上に、鳥の足跡があるように。猫なぞ近寄れば追っ払わなくてはならない。犬も寄せ付けまいと、落ちていた棒切れを拾いあげる。

高台にある恵二郎の家は当然ながら、厚みのある茅《かや》葺《ぶ》き屋根の豪壮なものだ。こんな家にわたしが嫁入りできるはずはなかろう、と呟《つぶや》き、慌てて辺りを見回す。恵二郎が返事をしたりしたらどうしようかと思ったのだ。ましてや、嫁に欲しいなどと耳元で囁《ささや》かれたら誰に助けを求めればいい。

砂浜は風に洗われ、今はユミの足跡しかない。女の泣き声などない。群青色《ぐんじょういろ》に染《そ》む海原の中ほどに、あまぞわいが見える。見てはならない。

板塀の前の置き石に、その盆はあった。恐る恐る近付き、思い切って覗き込む。……ユミはその場に崩れ落ちた。錦蔵に殴られる時のように縮こまり、悲鳴を押し殺した。手から棒切れが落ちて、まるで錆《さ》びた包丁のように砂に刺さった。

あまぞわいの方角から、錆びた臭いが漂ってきた。目を閉じてうずくまるユミの肩に、冷えた女の手が載せられる。足元に、坊主頭の女が這《は》い寄ってくる。啜り泣きはユミの口から漏れた。尼と海女にしがみつかれ、ユミは砂にめり込んだ。

盆の灰には、鳥の足跡も猫の足跡もなかった。ただ、見覚えのある小さく歪《いびつ》な左足の跡がくっきりと押されてあったのだ。

ようやくのろのろと起き上がったユミは、辺りを見回す。誰もいない。何もない。痩《や》せた松の木に吹き付ける砂混じりの風の他は音もない。そろそろ村人は起きだす時刻なのにこの死に絶えた静けさは何なのか。耳元に、この世の者ではない者の息がかかる。

「この次にあまぞわいに居着くのは、ユミじゃで」

足跡から、優しい懐かしい囁きが聞こえた。

「わしを想うて泣いてくれるか」

どこまでも続く砂浜に、ユミはただ一人立ち尽くした。そのユミに迫るのは、片足を引き摺る足音だ。小さな左足の足跡だけが、点々と間隔を狭めながらユミに近付いてきた。ユミを囲むように、足跡は円を描いていく。からかうように、逃がさぬように。気がつけば灰の盆だけでなく、砂浜中にその足跡は押されているのだった。

ユミは弾かれたように駆け出していた。可憐《かれん》な足跡を踏みつけながら、浜中を逃げ惑った。渇いた喉《のど》は悲鳴もあげられない。足は徐々に海に近付いていく。爪先《つまさき》にひやっと冷たい海水が触れた後は、あっという間だった。膝《ひざ》から腿《もも》、腰ときて、ユミは海中に没した。

濁った蒼《あお》い水の彼方に、真っ黒な岩礁がある。あまぞわい。だが、そこには海女も尼もいない。そのそわいは、ユミのためのそわいなのだった――。

（角川ホラー文庫『ぼっけえ、きょうてえ』に収録）

七つのカップ

辻村深月

そのおばさんは、いつも、私たちの通学路に立っていた。

私たちは、小学校五年生だった。学校に行く時や帰り道、その横断歩道に、おばさんが立っているのとよくすれ違った。普段から大人に、地域の人には元気よく挨拶《あいさつ》をしましょう、と言われていたから、「こんにちは」とか、「さようなら」と、私たちはよく挨拶した。

一度、友達の彩葉《いろは》ちゃんが、一人で帰った時。すれ違ったおばさんに「さようなら」と話しかけると、呼び止められた。ためらいがちに、おずおずと声をかけられたそうだ。

「あなたたちみんな、『こんにちは』って言ってくれる時と、『さようなら』って言ってくれる時があるけど、なるべくなら、『こんにちは』って言ってくれる？」

怒るような言い方ではなかった。『さようなら』だと、寂しいから」と、俯《うつむ》くように、ぽつりと言った。

「すいません」と謝って、彩葉ちゃんが帰ろうとすると、「おかしなお願いをしてごめんなさいね」と、子どもの彩葉ちゃんが恐縮してしまうくらい丁寧に、頭を下げて謝ってくれたそうだ。

「気をつけて帰ってね」

微笑むおばさんは、気弱そうだけど、優しそうな人だった。

エプロンにつっかけ姿で、私たちのお母さんよりは少し年上のように見えた。痩《や》せていて、顔色も悪かったけど、いつもいる人だし、学校で先生たちから「不審者」として注意を促されるような感じの人には見えなかった。

狭い地域のことだった。

おばさんの家は、小学校の目の前の、大きな道路に面したあの家だ、と、みんな知っていた。

横断歩道の両脇には、花が供えられていた。

誰かが亡くなった後の場所にそうするのだということは、三年生に上がった頃くらいに知った。

五年生になったその年、その横断歩道で立て続けに三人が亡くなった。

それぞれ違う事故で、二人目まではお年寄り。三人目は、若い男の人。交通量の多い場所なのに、横断歩道には信号がなくて、無理に渡ろうとした人が車に撥《は》ねられる事故が続いたのだ。

そのせいで、その年は、横断歩道の脇に花が絶えることがなかった。

事故が起こるたび、学校の朝礼でそのことが伝えられ、「皆さんは注意しましょう。あそこで、この学校の子が事故に遭ったこともあります」と先生たちから繰り返し、注意された。

その横断歩道の前の縁石には、花とは別に不思議なものが置かれていることがあった。

毎日、学校の行き帰りに登校班の列を作ってそこを通り、車の往来が途切れて渡れるようになるのを待つ時、意識するともなく、なんとなく私も見て、気づいていた。

マクドナルドの紙カップだった。

サイズは多分、Mサイズ。

そのカップの中に、アスファルトの小さな黒い石がいっぱいに詰め込まれている。

何だろう？　誰が置いたんだろう？　と思ったが、いつも、深く気に留めなかった。

気にするようになったのは、ある日、それが二つに増えているのを見てからだった。

さらに翌日には、それが三つに、四つに、と一日ごとに増えていく。

一日一つずつ増えるカップは、七つになったところで、しばらく数が増えず、そのままになった。きれいに一列に並んだカップに、さすがに私以外にも、「何だろうね」と声に出す子が出てきた。

周りの道路にもアスファルトは使われていたが、それらが欠けた様子は一切なく、この黒い石はどこから持ってこられたものなんだろう、と気になった。周りを見ても、近くに工事現場や建設現場はなく、しかもマックのカップというのが気になった。

それからしばらくして、ある朝見ると、七つ並んだカップの一つが倒れて、中の石がこぼれていた。

彩葉ちゃんと登校していた私は、彼女と、

「あれー、倒れちゃったんだね」

「ほんとだね」

「おまじないか何かかな」

とだけ、会話をした。

すると翌日、七つのカップは全部がなくなっていた。

黒い小さな石は、一つも残っていなかった。

私は彩葉ちゃんと「なくなっちゃったね」と話した。子どもは、目の前に存在しているものについてはよく話題にするが、目の前にない〝不在〟のものには興味が薄い。

「あ、そういえば」というくらいで、その話はおしまいになった。何か意味があったのか、とは、その時はそこまで考えなかった。

カップは消えたまま。

やがて、しばらくして雨が降った朝、ふと、傘を傾けて足下を見ると、同じ、黒い石を詰めたマックのカップが一つ、前と同じ場所に置かれていた。

黒い石が、雨でさらに黒く濡《ぬ》らされていく様子を見て、不思議な気持ちになる。

その翌日からは、また、一日一つずつ、カップが増えていく。雨の日でも、晴れの日でも関係なく。

そして、また、七つになったところで、カップが消えた。

そんなことが、繰り返された。

そういえば最近見かけないなぁと思っていた頃、そのおばさんが現れたのだ。

横断歩道の前に立ち、ぼうっと学校の方を見ている。

交通安全月間かなんかで、先生たちやPTAの役員さんたちが登下校の道に立って黄色い旗をかざしてくれることがよくあったけど、おばさんはそういう雰囲気とも違って、旗も持たずにただ立っているだけ。そもそも学校に通っている子の、誰のお母さんでもない。

時々、ゆっくり、首を左右に振り動かす。誰かをさがすみたいに。

自分が見つめる横断歩道の向こうから、誰かがやってくるのを、まるで、待つように。

その頃の私は、怖い話を集めた本や、テレビの心霊現象特集を見るのが大好きだった。古い空き家や廃病院、夜の学校に、開かずの踏切、灯《あか》りの乏しいトンネル……。

霊が出る、と言われる場所に霊能者とレポーターがカメラと一緒に入っていって、不思議な音を聞き、気配に「しっ」と耳をすませる。霊能者の女性が「これはここで昔、亡くなった人たちの霊が」と説明している。

「苦しんで、私たちをこちら側に来るようにと呼んでいます。どうやら、まだ若い女性のようです」と話す声に、私は、毛布をかぶりながらも、怖いもの見たさでテレビに張りついていた。

私の怖いもの好き、怪談好きのこの趣味は母親には理解されなかった。「そんな気持ちが悪いものばかり見て」と、呆《あき》れられ、おかげでこっそり隠れて見るようになったテレビや本の世界に、私はますます惹《ひ》かれるようになった。見てはいけない、という背徳感にまさる楽しさはない。

おばさんの話を聞いたのは、ちょうど、その頃だった。

私の母は、大人の噂話や誰かの悪口のような悪意を、徹底的に子どもから遠ざけるタイプの親だった。その潔癖さで、今にして思えば私をいろんなものから守ってくれていたのだろう。けれど、だからこそ、子どもとしては大人が声をひそめるような話題が、なおのこと気になる。

日曜日の午後だった。うちに他の子のお母さんたちが何人か遊びに来ていた。彩葉ちゃんのお母さんもいて、彩葉ちゃんも一緒についてきた。私たちはお母さんたちがうちのリビングでお茶を飲む間、子どもだけで私の部屋にいた。シルバニアファミリーの人形で遊んでいた。

開け放したドアの向こうから聞こえる大人の声を、私たちはなんとなく聞いていた。話題の中に、その日、「お気の毒に」という声が聞こえた。

「もう何年になる？　あそこで子どもが死んでから」

「本当にお気の毒。もう、腹が立ってしまう。無責任に」

「まだ確か、三年生くらいだったでしょう」

「どのテレビでそれ、やったの？」

声は飛び飛びに聞こえるだけで、大人たちがぼかすように口にする部分も多く、話の内容は、はっきりとはわからなかった。

「スイッチが入っちゃったのよ」と彩葉ちゃんのお母さんの声がした。

「それまで穏やかに、静かにしてたところに、あのテレビで、矢幡《やはた》さんの中のスイッチが入っちゃったのよ」

私と彩葉ちゃんは、どちらからともなく無口になっていた。しかし、しばらくして、彩葉ちゃんが、ぽつりと「あのおばさんのことだよ」と教えてくれた。彼女はお母さんから聞いて、事情を少し知っているようだった。

「あの、横断歩道のところに立ってるおばさん」

「あのおばさんのところの子どもが、死んだの？」

「うん。もう十年くらい昔のことみたいだけど。朝、学校に行く途中」

十年は、その頃の私たちにしてみると想像もつかないくらいの長い年月だった。彩葉ちゃんが続ける。

「最近さ、あそこで三人死んでるでしょ」

「ああ」

近くには、今日も花や、ビール、煙草の箱が供えてあった。誰が作ったのか、「気をつけて！」と書かれた大きな看板が、近くのガードレールにかけられるようになっていた。

「あそこに、霊能者が来たんだって。テレビの番組で。夜の、大人が見るようなのだから、私は見てないけど」

「うん」

「その人が、事故が続くのは、ここにいる子どもの霊のせいだって言ったんだって。女の子の霊が寂しくて呼んでるって」

腕にふわっと鳥肌が立った。

寒い時以外でそうなるのは、初めてのことのような気がした。

私は口もきけずに彩葉ちゃんを見た。彩葉ちゃんも、困ったような顔をした。

「……その話が、あのおばさんのとこまでいったの。おばさんはテレビ、見てたかどうかわかんないけど」

「でも、おばさんの子どもが死んだのはもう十年も前なんでしょ？　確かに急に事故が続いたけど、それまで何もなかったのに」

「だけど、他に死んだ人はみんな大人で、子どもが死んだ事故はうちの子だけだからって」

私はもどかしく言葉を探す。

だけど、だけど、だけど。

「だからって、テレビでやってからずっと、あそこの道に毎日立ってるの？」

「そうみたい。誰かが『気にすることないよ』って言ったことがあったみたいだけど、それでも、自分の子どもの霊が、一人で寂しくしているならかわいそうだからって。その上、人を巻き添えにしてるなら、本当に申し訳ないって、謝ってたって」

私は本格的に口がきけなくなってしまった。息苦しくなる。

謝る必要なんてない――、とまず思った。

今ならわかるのだけど、おそらく、その時の私はやるせなかった。

テレビや本の向こうに見る〝幽霊〟と、亡くなってしまったというおばさんの子どもを一緒に考えることができなかった。優しそうなあのおばさんの、しかも同じ小学校に通っていたという女の子を、そんなふうには思いたくなかった。

「その霊能者、才能ないんじゃないかな」と言ったのは、私ではなく彩葉ちゃんだった。頬が引き攣《つ》ったその顔を見て、彼女も私と同じ気持ちでいるんだと思った。

「あてずっぽうに〝女の子の霊〟って、きっと言っただけなんだよ。その方がわかりやすいもん。無責任だよ」

大人たちも、さっき、その言葉を使っていた。

私も同感だった。

おばさんの子どもは、無責任に、勝手に〝怪異〟にされてしまったのだ。

話を聞いてしまってから、初めてまた横断歩道を通る日、私は緊張していた。彩葉ちゃんもそうだったかもしれない。いつものようにそこに立つおばさんに「おはようございます」と挨拶《あいさつ》をして、進もうとした時、「危ない！」という悲鳴のような声に呼び止められた。

痩《や》せたおばさんの手に、両肩をぐっと摑《つか》まれ、はっとして、私は身を引いた。登校班で、前に並んだ男子の背が高かったせいで、車が来ていることに気づいていなかった。

　とはいえ、車がここまで来るのにはまだだいぶ距離がある。それに子どもが通っているのだから、停まって待ってくれただろう。

ちょっと大袈裟に感じて振り返るが、おばさんの顔は大真面目だった。私の肩を掴んだ手が、強張《こわば》って、そして、熱かった。私の後ろには、もう彩葉ちゃんがいるだけで、他の子はみんな先に行ってしまった。

「危ないよ」

　とおばさんが言った。これまで聞いたことがないくらい、強い声だった。

　やってきた車が、何事もなかったように目の前を通り過ぎていく。誰もいなくなった横断歩道の前で、おばさんはあわてたように私から手を放し、そして、また、いつもの顔に戻った。弱々しく笑いながら「ごめんなさい、驚かせて」と言う。

　表面に薄い膜が張ったみたいに、目が赤く、潤んでいた。

　大人に怒られたことが気まずくて、私も反射的に「ごめんなさい」と言った。

　足下に目をやると、マックのカップが復活していることに気がついた。もう何度目になるかわからない、カップの整列は、今日は三つ目の日のようだった。

　毎回同じカップを使っているわけではないのか、雨風に晒《さら》されてきただろうと思ったカップは、よれた様子もなくキレイに、皺《しわ》ひとつなく、しゃんとして立っていた。

初めて、聞いてみる決心ができた。

「このカップ、おばさんが置いてるんですか」

おばさんが少しだけびっくりしたように目を瞬《しばたた》く。それからすぐに「うん」と答えた。

「邪魔じゃないけど」

「邪魔だった？　ごめんなさいね」

今度は彩葉ちゃんが言った。

おばさんは謝ってばっかりだ。彩葉ちゃんも私も、それが少し、嫌だった。

「不思議に思ってて。何かのおまじないなのかなって」

「昔ね、おばさんの子どもがよく、やってたの」

初めて、その子の話がおばさんの口から出て、私と彩葉ちゃんは微《かす》かに緊張する。

事故のことや、亡くなったことを聞かされたらどうしようと思ったけど、おばさんはそれ以上は話さなかった。カップにいっぱい石を詰めた意味も、それが七つである必要性も、なぜ、中の石をこぼすのかということも。

カップの中に入った小さな黒い石を、私は黙って見つめた。

道路と縁石の周りに倒してこぼした後、この小さな、粒のような石をおばさんが屈《かが》んで一つ一つ拾うところを想像したら、いたたまれなかった。

横断歩道で起こった事故はおばさんの子どものせいじゃないと思う、と、本当は声にして伝えたかった。できなかったのは、気まずいし、臆病《おくびょう》だったせいだ。

大人たちが言うように、ここに来たという霊能者もテレビ番組も無責任だと思った。霊能者にとったら、死者は単なる〝霊〟なのかもしれないけど、おばさんにとっては、何年も一緒に過ごしてきて、事故で急にいなくなってしまった自分の家族だ。生きてる時を知ってる、顔も知ってる。死んでしまったことを受け入れるまで、どれだけつらくて、悲しかっただろう。お花を供えるのだって、カップを用意するのだって、その子の魂がどうか安らかでありますように、と願ってのことじゃないのか。

その子が、寂しくて人を呼んでるなんて言われたら、心がちぎれるような思いがするだろう。

並べたカップの、本当の意味はわからない。

だけど、おばさんが並べる理由の方はなんとなく、私たちにだってわかった。

おばさんは、自分の子どもが、まだここにいると思いたいんだ。

その子に、会いたいんだ。

一度、夜の遅い時間に、お母さんの車で横断歩道を横切った時。

車の窓の外に、おばさんがぼうっと、光るように立っているのが見えた。横断歩道を渡りもせず、立ったままのおばさんは、体がとても薄っぺらく見えて、知らなければ、幽霊のように見えてしまったかもしれない。

こんな時間までいるんだ、と驚いた。

背後から、知らないおじさんがやってきて、そんなおばさんの腕を引く。だけど、おばさんはそれがわからないみたいに前を見てるだけ。あの人は、おばさんの、旦那《だんな》さんなのかもしれない。

おじさんは、そうされることがわかっていたみたいに、すぐに諦《あきら》めて、おばさんを置いてくるりと方向転換した。

「矢幡さんだ」

と、お母さんがひとりごとのように言った。

昼間、光の下で私たちに話しかけてくれる時とは違うおばさんを見てしまったことがなんだか後ろめたくて、私は、どうかおばさんに気づかれませんように、と祈りながら、窓の下に体を屈めて、隠れた。

おばさんの子どもが亡くなったのは、雨の日のことだったそうだ。

クラスで、誰か大人に聞いてきた子がそう、教えてくれた。

傘を忘れた女の子は、登校班で学校に向かう時、「帰りはもっと大雨になるのに」

と男の子たちにはやし立てられた。降り始めた雨が、あっという間に勢いを激しくするのを見て、横断歩道の途中で、ぱっと体を翻し、引き返そうとした。

車が、その時にやってきた。

おばさんは、その日、降り始めた雨を心配して、女の子の傘を手にして、娘のあとを追いかけた。間に合うなら、届けようとして。

事故は、横断歩道のところで娘を見つけ、声をかけようとした、その時のことだった。

彼女は、お母さんの目の前で車に撥《は》ねられたのだ。

幽霊というのは怖いもので、「怪談」も「ホラー特集」も、自分の身に起こらないからこそ、おっかなびっくり楽しんでいられる。実際に幽霊に会いたいかどうか聞かれたら、私は震えて逃げ出すだろう。

幽霊が出てきたらいいのに、なんて願ったのは初めてだった。

私と、彩葉ちゃんは毎日、横断歩道を通りながら、祈るようになっていた。

どうか、女の子の霊が現れますように。

おばさんとその子が、会えますように。

その日は、雨が降っていた。

学校帰りの私と彩葉ちゃんは、いつもの横断歩道を渡ろうとしていた。雨の日は、いつもより交通量が激しかった。

いつ渡れるかわからない横断歩道の前で、車の往来を眺めていると、向こうにおばさんの姿が見えた。花柄の傘を差している。

おばさん、と声をかけようとしたけれど、行き交う車の音のせいで、声が届くとは思えなかった。かわりにした会釈に、おばさんが表情を変えないことが、ちょっと引っ掛かった。いつもだったら、笑い返してくれるのに。

縁石に置かれた花に交じって、その日は、マックのカップが七つ、並んでいた。

おばさんの傘が後ろ向きに、見えない風に吹かれたようにふわっと、倒れた。おばさんが、背中に傾けた傘を手から離したのだ。

目が、宙を見ている。

私たちのことも、車のことも見ていない。

危うい——という感覚を、生まれて初めて持った。

おばさんが、危うい。顔つきが、目が、足取りが。

そして、雨の中、彼女の足が一歩、横断歩道に踏み出した。

私は気づいた。

横の、彩葉ちゃんも気づいた。

おばさん！

呼ぼうとした。

車が、まるでおばさんのことになんか気づかないみたいに、相変わらず行き交っている。

その瞬間、音が、消えたように思った。車の音も、雨の音も。

口から、声が出る。横の彩葉ちゃんも口を開けて、叫ぼうとしている。

そして、二人の声が揃った。

「「おかあさん！」」

呼んだ瞬間、音が、戻ってきた。

目の前で横断歩道に踏み出しかけた足を止めたおばさんが、驚いた顔をして目を見開いて、こっちを見ている。私たちも、自分で驚いていた。

今、自分たちは何を言ったのか。

その時だった。

さーっと流れる雨音と、その中を駆ける車の音に交じって、空気が震えるような音を聞いた。おばさんの足下に並んだマックのカップが、七つとも、揃って同じ方向に倒れた。

ざーっと、横断歩道に向けて、黒い小さな石が撒《ま》かれる。

石が広がるのに合わせて、不思議なことに、その時、あれだけ激しかった車の往来がふつりと、途切れた。

車道にバラ撒かれた黒い石の真ん中に、赤く、光るものが転がり出る。

おばさんの目がそれを見つける。拍子抜けしたように、彼女の膝《ひざ》からかくんと力が抜けて、その場にへたり込む。

私たちは、いそいで、車通りのなくなった横断歩道を渡った。渡る途中で、おばさんが這《は》いつくばるようにして道路のアスファルトに手を伸ばす。

黒い石に紛れ込んでいたのは、赤い、ビー玉だった。

透明なビー玉の中に、金魚の尾っぽのような筋を封じ込めた、赤いビー玉だ。

それを見つけたおばさんは、それをこの世のものとも思えぬような——それこそ、幽霊を見たような顔をして、見つめていた。

カップの全部が倒れても、横の花も、小さな花瓶もビール缶も、他のものは倒れたり、揺れたりした形跡がなく、変わらず置かれたままだ。私たちも、地震のような揺れは感じなかった。

「おばさん」

今度こそ、彩葉ちゃんが呼びかける。

ビー玉を手のひらに載せたおばさんが、それをゆっくり、ぎこちなく指を折って両手で握り締めた。そして、――泣き出した。

「キミカちゃん」

と、小さく、嚙《か》みしめるように名前を呼んで。

詳しいことはわからないし、何の意味があるのかも、わからない。だけど、わかった。マックのカップにこのビー玉を入れたのは、おばさんではない。

おばさんは、このビー玉をずっと、待っていたんだと。

その年の冬、おばさんたちの一家は町を去っていった。旦那《だんな》さんの転勤によるものだと、大人たちの話で聞いた。

引っ越しする少し前、帰り道でまた、おばさんに会った。

「よかった。会えて」

微笑んだおばさんは、相変わらず弱々しい印象だったけど、顔色は前ほど悪くなかった。もう横断歩道には立っていなかったし、マックのカップも置かれていなかった。

「もしよかったら、これ使って」

と、私たち二人に、キャラクターものの包装紙にくるまれたプレゼントをくれた。

「引っ越すんですか」と聞くと、「うん」とだけ答えて、どこに行くのかも、子どものことも、それ以上は話さなかった。

帰り際に、笑って、私たちに「さようなら」と言った。横断歩道を背にして、私たちに手を振った。おばさんがくれたのは、芯《しん》を押し出し式で替える、その頃流行していた〝ロケットペンシル〟だった。大人がよくくれるような味気ない一ダースの箱鉛筆なんかじゃなくて、きちんと今の自分たちに合ったものをくれたことを、私と彩葉ちゃんは、喜んだ。

おばさんがいなくなって少ししてから、その横断歩道に、信号がようやくついた。

あれから二十年近く経って、今も時折、車で前を通ると、目の前で子どもが手をピンと高く上げて通っていく。

子どもを連れて帰郷した際にその光景を見ると、おばさんが立っていた場所を、反射的に見てしまう。

怪談好きな私が実際に体験した〝不思議なこと〟は、後にも先にもこの一回だけだ。私より先に、自分の住んでいたのと同じ町で母親になった彩葉ちゃんとも、あの時のことを振り返って話すことは一切ない。

私が出会った〝幽霊〟は、寂しいからと人の命を奪うような存在ではなく、出ることを待ち侘《わ》びられ、自分を思う人を救おうと呼びかける、そういう、幽霊だった。

あの横断歩道で、あれから、事故は一度も起こっていないそうだ。

（角川文庫『きのうの影踏み』に収録）

解説

朝宮運河（ライター・書評家）

本書『七つのカップ　現代ホラー小説傑作集』は、角川ホラー文庫三十周年を記念して編まれた本文庫オリジナルのアンソロジーである。一九九三年以降に日本語で書かれたホラー小説の中から、傑作七編をセレクトして収録した。

このコンセプトは同時発売の姉妹編『影牢　現代ホラー小説傑作集』と同じであるが、期せずして本書には比較的近年（二〇一〇年代以降）に書かれた作品が多く収録されることとなった。一九九〇年代の作品が半数を占める『影牢』と併読すれば、現代ホラー小説三十年の展開を一望することができるだろう。

『影牢』の解説でも述べたとおり、一九八〇年代以降成長してきた日本のホラー小説シーンは、日本ホラー小説大賞が創設され、それに連動する形で角川ホラー文庫が創刊された一九九三年頃からさらに存在感を増し、エンターテインメントのジャンルとして一応の自立を果たす。日本ホラー小説大賞からは瀬名秀明『パラサイト・イヴ』

（一九九五年）、貴志祐介『黒い家』（一九九七年）というベストセラーが生まれ、ホラー小説が一般読者に広く読まれるという時代が到来した。

一九九八年には鈴木光司の『リング』（一九九一年）と『らせん』（一九九五年）が同時に映画化され、社会現象を巻き起こした。その結果、世紀末日本をかつてないホラーの高波が覆うことになる。書店にはホラー小説が並び、ホラー専門作家のみならず、他ジャンルで活躍してきた作家も相次いでこのジャンルに手を染めるようになった。

一九九八年には井上雅彦監修のオリジナル・アンソロジー「異形コレクション」がスタートし、日本初のホラー小説専門誌『ホラーウェイヴ』も創刊されている。この頃を八〇年代以降継続してきたホラー流行のひとつのピークと見ていいだろう。

ジャンルの成熟につれて、作品で扱われるモチーフ・テーマも年々多彩になり、バイオホラーの『パラサイト・イヴ』、サイコサスペンスの『黒い家』のように海外エンターテインメントの潮流を取り入れた大型作品が書かれる一方で、日本独自の恐怖と幻想を掘り下げた作品も生まれてきた。

その象徴的存在が、明治期岡山の土俗的恐怖を扱った『ぼっけえ、きょうてえ』（一九九九年）の岩井志麻子だろう。こうした流れは木原浩勝・中山市朗「新耳袋」全十巻（一九九八～二〇〇五年）の刊行によって喚起された怪談実話への関心と呼応しながら、平成後期の怪談文芸ムーブメントを生み出していった。二〇〇四年に創刊された怪談専門誌『幽』には綾辻行人、有栖川有栖、小野不由美などの人気作家が参加し、怪談小説の新時代を切り拓いた。

その後、ホラー小説ブームは落ち着きを見せるが、二〇一五年に澤村伊智が『ぼぎわんが、来る』でデビューしたことで再びシーンが活性化。モキュメンタリーやミステリの手法を取り入れた新世代作家の活躍によって、次なるフェイズに突入している。若い読者にとって現代ホラーといって思い浮かぶのは、澤村以降の作品かもしれない。

しかし活況を呈する今日のホラーシーンは、一朝一夕に作り上げられたものではない。二〇二〇年代の新しいホラーがここ数十年の遺産の上に成り立っていること、ホラー小説の伝統が途切れることなく続いていることは、『影牢』『七つのカップ』の二冊を読めばご理解いただけると思う。以下、七編の収録作についてコメントを付す。

小野不由美「芙蓉忌」

ホラー史において小野不由美の存在はあまりにも大きい。スティーヴン・キングの手法に正面から挑んだ『屍鬼』（一九九八年）、平成期怪談文芸ムーブメントの頂点『残穢』（二〇一二年）の二大傑作以外にも優れた作品が目白押しだ。そんな著者が近年書き継いでいるのが「営繕かるかや怪異譚」シリーズ。古い建物に憑いた霊を祓うのではなく、障りが出ないように〝営繕〟するという着想が新しい。『営繕かるかや

怪異譚　その弐』（二〇一九年）に収録の本作は、死霊に魅入られた主人公の心理描写に慄然とさせられる。

山白朝子「子どもを沈める」
殺した相手が自分の子どもに生まれ変わり、過去の犯罪を告発する。日本各地に伝わる「六部殺し」と呼ばれるパターンの怪談だ。『私の頭が正常であったなら』（二〇一八年）に収録の本作はその変奏で、いじめられて自殺した少女が、いじめっ子の家庭に赤ん坊となって生まれてくる。雑誌『幽』『怪と幽』を中心に活躍する山白朝子が、某人気作家の複数ある変名のひとつであることは公然の秘密だろう。なるほど、本書に漂う奇想とサスペンス、胸を衝くような切なさは、あの作家と共通するものだ。

恒川光太郎「死神と旅する女」
日本ホラー小説大賞受賞作『夜市』（二〇〇五年）でデビューした恒川光太郎は、ホラーシーンにおいて独自の地位を占める作家だ。その作品の多くはホラーとファンタジーの境界領域にあり、未知の世界への恐れと憧れが常にせめぎ合っている。『無貌の神』（二〇一七年）に収められた本作では、大正時代の少女フジが、死神に命じられるまま暗殺をくり返す。やがてフジの前に現れる残酷な分岐点。人知を超えた存在に翻弄される恐怖を、壮大なスケールで描ききった神隠し譚である。

小林泰三「お祖父《じい》ちゃんの絵」

『玩具修理者』（一九九六年）で鮮烈なデビューを飾った小林泰三は、ホラーのみならずＳＦ・ミステリでも活躍。二〇二〇年の早すぎる逝去の後も、著者の冷徹なロジックと異形の美学に満ちた作品は、新たなファンを増やし続けている。絵を描くことが好きな祖母が孫娘に向かって過去を語り始める、という本作は『家に棲むもの』（二〇〇三年）に収録。著者の得意技であるグロテスク描写こそ控えめだが、正気と狂気の境目が崩れていくようなデビュー作以来の魔術的な語りはここでも健在だ。

澤村伊智「シュマシラ」

澤村作品の特徴は、先行するホラーやミステリの影響を公言しながら、そこに新たな視点やアレンジを加える批評的スタンスにある。代表作は『ぼぎわんが、来る』以来書き継がれている「比嘉姉妹」シリーズだろうが、ここでは『ひとんち　澤村伊智短編集』（二〇一九年）より本作を取った。懐かしの食玩から未確認生物へと流れていく会話の中に、じわじわと不気味なものが混入してくる。ジャンクな情報の中にこそ怪異は潜む、という認識は、「比嘉姉妹」シリーズとも共通している。

岩井志麻子「あまぞわい」

明治期岡山を舞台に、差別や貧困とともに生きる者たちの絶望と欲望を、方言を用いた文章で描くデビュー作品集『ぼっけえ、きょうてえ』（タイトルは岡山方言で「とても怖い」の意）は、南米のマジック・リアリズム小説も思わせる怪異と戦慄に満ちた書であった。同書に収められた本作では、二つの異なる解釈がある「あまぞわい」の怪談が、男と女それぞれの身勝手さを反映しながら、戦慄のクライマックスへと主人公・ユミを導いていく。人間と怨霊、どちらも怖ろしい海の怪談。

辻村深月「七つのカップ」

平成後期に隆盛をみた怪談文芸ムーブメントは、他のジャンルで活躍しながらもホラーや怪談に関心を抱いていた作家たちに、創作の機会を与えることになった。本作を収める辻村深月の短編集『きのうの影踏み』（二〇一五年）も、怪談の時代のよき産物である。通学路に立つ中年女性と、一つずつ増える紙カップ。人の死を娯楽として消費することの是非が、オカルト好きの少女の視点から描かれる。怪談はなぜ存在するのか、という問いへのひとつの答えがここにはあるのではないだろうか。

恐怖とは極めて個人的な感情だが、一方で私たちが何を怖いと感じるかは、社会の状況にも大きく左右される。その意味で『影牢』『七つのカップ』の二冊は、この三十年間に私たちが何を恐怖してきたかを記録した、一種のドキュメントとしても読めるかもしれない。

といっても、作家たちが想像力を武器に紡いだ悪夢の数々は、時代の推移とともに古びるものでは決してない。十九世紀に書かれた英国怪談の傑作が今なお私たちを戦慄させるように、両書に収められた十五編も未来の読者を魅了し続けることだろう。ぜひ再読三読し、ホラー小説の神髄を味わっていただきたい。

〈初　出〉

小野不由美「芙蓉忌」／「幽」vol.22　二〇一五年一月

山白朝子「子どもを沈める」／「幽」vol.27　二〇一七年六月

恒川光太郎「死神と旅する女」／「幽」vol.25　二〇一六年六月

小林泰三「お祖父《じい》ちゃんの絵」／『家に棲むもの』（角川ホラー文庫　二〇〇三年三月）

澤村伊智「シュマシラ」／「ジャーロ」64号　二〇一八年六月

岩井志麻子「あまぞわい」／『ぼっけえ、きょうてえ』（角川書店　一九九九年十月）

辻村深月「七つのカップ」／『怪談実話系／愛　書き下ろし怪談文芸競作集』（MF文庫ダ・ヴィンチ　二〇一三年十一月）

七《なな》つのカップ　現代《げんだい》ホラー小説傑作集《しょうせつけつさくしゅう》

岩井志麻子《いわいしまこ》、小野不由美《おのふゆみ》、小林泰三《こばやしやすみ》、澤村伊智《さわむらいち》、
辻村深月《つじむらみづき》、恒川光太郎《つねかわこうたろう》、山白朝子《やましろあさこ》　朝宮運河《あさみやうんが》＝編

角川ホラー文庫　23961

令和５年12月25日　初版発行

発行者――山下直久
発　行――株式会社KADOKAWA
〒102-8177　東京都千代田区富士見2-13-3
電話 0570-002-301（ナビダイヤル）
印刷所――株式会社暁印刷
製本所――本間製本株式会社
装幀者――田島照久

●お問い合わせ
https://www.kadokawa.co.jp/（「お問い合わせ」へお進みください）
※内容によっては、お答えできない場合があります。
※サポートは日本国内のみとさせていただきます。
※Japanese text only

◇◇◇

ISBN978-4-04-114204-2　C0193

角川文庫発刊に際して

角川源義

第二次世界大戦の敗北は、軍事力の敗北であった以上に、私たちの若い文化力の敗退であった。私たちの文化が戦争に対して如何に無力であり、単なるあだ花に過ぎなかったかを、私たちは身を以て体験し痛感した。西洋近代文化の摂取にとって、明治以後八十年の歳月は決して短かすぎたとは言えない。にもかかわらず、近代文化の伝統を確立し、自由な批判と柔軟な良識に富む文化層として自らを形成することに私たちは失敗して来た。そしてこれは、各層への文化の普及滲透を任務とする出版人の責任でもあった。

一九四五年以来、私たちは再び振出しに戻り、第一歩から踏み出すことを余儀なくされた。これは大きな不幸ではあるが、反面、これまでの混沌・未熟・歪曲の中にあった我が国の文化に秩序と確たる基礎を齎らすためには絶好の機会でもある。角川書店は、このような祖国の文化的危機にあたり、微力をも顧みず再建の礎石たるべき抱負と決意とをもって出発したが、ここに創立以来の念願を果すべく角川文庫を発刊する。これまで刊行されたあらゆる全集叢書文庫類の長所と短所とを検討し、古今東西の不朽の典籍を、良心的編集のもとに、廉価に、そして書架にふさわしい美本として、多くのひとびとに提供しようとする。しかし私たちは徒らに百科全書的な知識のジレッタントを作ることを目的とせず、あくまで祖国の文化に秩序と再建への道を示し、この文庫を角川書店の栄ある事業として、今後永久に継続発展せしめ、学芸と教養との殿堂として大成せんことを期したい。多くの読書子の愛情ある忠言と支持とによって、この希望と抱負とを完遂せしめられんことを願う。

一九四九年五月三日

ISBN 978-4-04-111880-1

ぼっけえ、きょうてえ

岩井志麻子

女郎が語り明かす驚愕の寝物語

——教えたら旦那さんほんまに寝られんようになる。

……この先ずっとな。

時は明治。岡山の遊郭で醜い女郎が寝つかれぬ客にぽつり、ぽつりと語り始めた身の上話。残酷で孤独な彼女の人生には、ある秘密が隠されていた……。

文学界に新境地を切り拓き、日本ホラー小説大賞、山本周五郎賞を受賞した怪奇文学の新古典。


〈解説／京極夏彦〉

角川ホラー文庫

ISBN 978-4-04-359601-0

家に棲むもの

小林泰三

ホラー短編の名手が贈る恐怖のカラクリ作品集

ボロボロで継ぎ接ぎで作られた古い家。姑との同居のため、一家三人はこの古い家に引っ越してきた。みんなで四人のはずなのに、もう一人いる感じがする。見知らぬお婆さんの影がよぎる。あらぬ方向から物音が聞こえる。食事ももう一人分、余計に必要になる。昔、この家は殺人のあった家だった。何者が……。不思議で奇妙な出来事が、普通の世界の狭間で生まれる。ホラー短編の名手・小林泰三の描く、謎と恐怖がぞーっと残る作品集。

角川ホラー文庫

ISBN 978-4-04-347005-1

ぼぎわんが、来る

澤村伊智

空前絶後のノンストップ・ホラー！

“あれ”が来たら、絶対に答えたり、入れたりしてはいかん――。幸せな新婚生活を送る田原秀樹の会社に、とある来訪者があった。それ以降、秀樹の周囲で起こる部下の原因不明の怪我や不気味な電話などの怪異。一連の事象は亡き祖父が恐れた“ぼぎわん”という化け物の仕業なのか。愛する家族を守るため、秀樹は比嘉真琴という女性霊能者を頼るが……!?　全選考委員が大絶賛！　第22回日本ホラー小説大賞〈大賞〉受賞作。

角川ホラー文庫

ISBN 978-4-04-106429-0

のろわれた手術《オペ》

手塚治虫恐怖アンソロジー

手塚治虫

漫画の神様が遺したホラー傑作集

ブラック・ジャックの奇跡の手が千五百年前のミイラののろいを解く「のろわれた手術《オペ》」、秘密の薬品の開発に携わった男の執念が現代の研究者の心を動かした「溶けた男」、愛する子馬とひきはなされ、人間への復讐《ふくしゅう》に燃え妖馬となった「妖馬ミドロ」、写楽が三つ目一族の謎に挑む「寿命院邸の地下牢」、男らに殺された女の怨霊が復讐を果たす「新・聊斎志異　叩建異譚」など。風刺を効かせ人間の業や死への恐れを描く恐怖アンソロジー。

角川ホラー文庫

ISBN 978-4-04-113324-8

ゆうれい談

山岸涼子

全部、本当にあった怖くて摩訶不思議な話。

漫画家にとって最大の敵は睡魔。山岸プロでの睡気《ねむけ》ざましの話題は“ゆうれい談”。萩尾望都、大島弓子など著名漫画家たちの不思議体験談を始め、アシスタントが経験した怪異譚、著者が旅先や自宅で遭遇した怖くて摩訶不思議な話を満載。表題作ほか、「読者からのゆうれい談」「蓮の糸」「ゆうれいタクシー」「タイムスリップ」を収録。怖いけれど怪異を蒐集せずにはいられない著者による、すべて実話のゆうれい談全5作。解説・小野不由美

角川ホラー文庫

ISBN 978-4-04-113779-6